沒有人能給出一個答案，
所謂好起來的生活是什麼樣的。

在這個熬過去的日子裡，
很多時候只是我們當下覺得困難重重，

殊不知其實你所經歷的，
也正是大部分人正在經歷的一切。

自己去證明自己的答案，
這個證明跟別人無關，
是我自己心裡的一個假設，
這個證明跟別人的答案也無關，
因為我的答案跟別人不一樣。

為什麼你總是害怕來不及

達達令 著

迷茫的時候，

你就像一個黑暗中獨自摸索的孩子，

沒有家人，沒有老師，沒有學長學姊可以問，

周圍一群陌生人漫無表情地穿梭於辦公室的走廊過道上，

就像電影裡的快鏡頭，

你身後的景象千變萬化飛速流轉，

你自己一個人孤獨地停留在原地。

那些屬於你內在的強大力量，
那些你日夜累積起來的點滴能力，
那些你從別人故事裡拿過來
自己重新組建過的價值觀，
才是讓你對抗這種
「感覺一切都來不及」的慌張的力量所在。

自序

為什麼你總是害怕來不及？

昨天夜裡微博收到一條私信，一個女孩告訴我，說家裡催她結婚都快要把她逼瘋了，她沒有辦法反駁父母，也不知道怎麼解決這個問題。

於是我問，那你有沒有試著跟家裡好好溝通這件事情，我覺得現在年過三十歲的單身女子太多了，你千萬不能將就自己啊……。

然後這個女孩告訴我：令姐我去年剛畢業，工作還不到一年。

……。

一個鮮嫩地能掐出水的女孩，居然跟我一個還沒結婚的老女人傾訴被逼婚的痛苦，那我的焦慮要跟誰說？

早上起來收到一段留言，一個男生寫了很長一段文字告訴我，他跟女朋友都在大城市工作，因為年紀到了，家裡開始催促著結婚，但是自己的薪資不高在大城市買不起房，所以決定要跟女朋友分手。

我本來想安慰一下這個男生，說女生都沒有跟你提出分手，你自己先不要多想了。結果男生說，女生的家長只給他三年的時間，如果在大城市買不起房，就不能跟他們的女兒在一起了。

我問，那你怎麼想的呢？

男生說，我想了一下，三年的時間我肯定無法在大城市買房，所以我就直接提分手，電話也不接了。

我繼續問，那你的結論就是，你覺得你這三年一定買不起房子，女生的父母也一定不會同意你們在一起，可是做這個決定之前，你問過女朋友的意見嗎？

男生回答說，問了也是傷心，還不如不問。

我於是說，那既然這樣，你自己就把自己堵死了，我也就沒有給你意見的必要了。

最後我又補問了一句，你今年幾歲啊？

男生回答，我剛畢業一年。

……。

此時此刻，可以想像我受的內傷了，就差噴出一口老血了。

不知從什麼時候開始，我身邊一群人向我請教問題的方式都是：我今年就要實習了，我明年就要找工作了，我覺得好恐慌；我快要二十五歲了，從來沒有交過男朋友也找不到男朋友是不是一種病？該不該擔憂？又或者是我已經三十歲了還沒結婚，我是不是要孤獨一生了呢？更有人問我：我越來越討厭自己了，你能告訴我怎麼辦嗎？

看著這些雜亂無章的提問充斥在我的眼前我的腦海裡，我試著坐下來平靜一下我的情緒，然後問問我自己，突然發現自己當年也是這麼過來的，而且如今我也在這條焦慮的路上，只是我從來不會刻意渲染這種恐懼感。

我想說說我一年前的焦慮。

因為是在網路行業工作，我每天看到的業內新聞都是無數個馬佳佳跟余佳文出來演講（註1），他們口口聲聲告訴你「我們的資本就是年輕」之類，於是你看到他們一個個成為CEO，一路歡呼地走向人生巔峰。

張愛玲那句「出名要趁早」不知道毒害了多少跟我當年一樣年幼無知的少男少女心，我自己也曾經陷入這個詭異的奇怪生活中，夜裡睡不著的時候，想著我身邊的朋友都出國了，都看世界遊玩去了，都結婚生孩子了，同學們一個個都成了有頭有臉的人物了，而我自己還窩在這個租來的小套房裡……想完以上種種之後，我得出了一個結論：我這輩子過得真失敗。

這種思考方式一直到去年的時候，還一直縈繞在我的腦海裡。

有天我讀到了吳曉波的一篇文章，他寫了幾個人的故事，名滿天下的畫家及雕塑大師羅丹是一個整天埋頭於畫室的孤獨老人，經濟學家張五常年近八十歲了每週還要寫兩篇一千五百字以上的專欄文章，吳曉波的結論是：「是什麼讓某些人變得與眾不同？那就是工作和足夠的耐心。」

吳曉波的話觸動了我，我開始把精力轉移到自己身上，不再一味地拿一個不可複製的他人的成就來刺激自己。

高一那年，我寫了一篇小說，本來是打算投稿到當時很火紅的新概念作文大賽，心裡期待著哪怕能拿個優秀獎也好。可是有天中午我翻到了韓寒參加新概念大賽的那一篇〈杯中窺人〉的文章後，我一個人窩在被子裡哭了很久，然後起床把寫好的手稿撕掉了。因為我覺得跟韓寒、郭敬明、安妮寶貝、七堇年這一類天才相比，這輩子即使用盡全力，我的文學夢也是不會實現的了。

然後回到今天，這一年我二十七歲了，我的第一本書正在籌備中，我每天和跟我合作的出版社團隊討論一些出版事宜，這是一件我意料之外的事情。

我周圍的人都說你好厲害的時候我很慌張，這種慌張不是因為我害怕別人的讚美跟肯定，而是我害怕給別人一種錯覺：我輕而易舉地就這麼出書了。因為我知道自己每天投入了多少時間在電腦面前，我知道自己時時刻刻在腦子裡思考的各種事情都會盡量記錄下來，還有我在青春歲月裡一度因為想的問題太多而患了憂鬱症。這些事情，我從來沒有告訴過任何人，於是身邊的朋友覺得我這個機會竟然是如此唾手可得，簡單至極。

我以前總是害怕來不及，覺得青春時光好像要沒了，很多人生願望我要錯過

註1 馬佳佳：九〇後（指一九九一～一九九九年出生）創業者，以販售情趣用品聞名。余佳文：九〇後CEO，以開發「超級課程表」APP聞名。

了，難道我這一輩子就要過完了？對於一個女人而言，這種恐慌會隨著皮膚的鬆弛、眼尾紋的增加，以及大姨媽的量越來越少而加倍。

我想了一會兒，為自己整理了幾個理由：一是我累積的太少了，二是我的歷練不夠，三是我還沒有見過更大的世界，四是我太懶了各種拖延症在身上裝死，五是方法不對，很多時候一味地努力付出卻從來沒想過方向的問題。

這些答案出來以後，我的問題就迎刃而解了，我可以針對每個問題都列出一二三四的解決方式去一點點完善自己。

但是進階到一個精神層面上的大問題，那就是我想要什麼樣的人生？

昨天我的前助理問我為什麼壓力還這麼大？她說因為對於我們這樣的人來講，目前的你可以寫自己喜歡的東西，可以自由安排自己的時間，還能養活自己，為什麼還會覺得焦慮呢？

我細細想了一會兒，要知道一年前的我絕對不會想到自己今天會是這個狀態，但是我知道如今享受到這一點小成果是我這些年自己思考總結外加揉碎重建的結果，那麼按照這個邏輯推理，我現在要做的事情就應該是為我三十歲的階段有所累積了。

嗯，這就是我想說的答案，因為焦慮，所以不滿足於當下，我開始明白焦慮跟孤獨一樣，可能就是生活本身的色彩，畢竟快樂只會佔據我們人生的那麼一點時間而已。明白這一點之後，我反而願意帶著焦慮上路了。

可是你有沒有發現，生活中很多人寧可把精力花在焦慮這件事情上，也不願意自我分析一下；很多人之所以老說自己不知道喜歡什麼，不知道該做點什麼，那是因為他總是把自己想得一無是處，或者不願意接受太低的起點。

比如一個參加大學考試的孩子分數能夠就讀私立大學，卻不願意在這個標準上選擇一個合適的大學，反而一味地告訴自己我考得好差，我的人生沒有希望了。

比如你是個剛入職場的新人，你看著身邊那個工作了三五年的同事，於是在心裡告訴自己，幾年之後也只能像他那樣平庸，頓時感覺好絕望，覺得自己不適合這份工作。

這些事情，就好比一個女孩因為男朋友遞過來的開水慢了一些抱怨了一句，然後男友隨意反駁了一句，女孩馬上就大鬧「你是不是不愛我了？」這個邏輯的切換也真是夠驚人的。

以前我很迷茫的時候，總是喜歡思考一些人生哲理問題，於是有過來人勸我，你不要想太多，儘管去做就好了；後來又有人告訴我，你不要一股腦地上班幹活，你得想想你這輩子的人生技能與不可替代性是什麼。

於是我就像一個陀螺，在四面八方的建議裡轉啊轉，轉到慌張壓抑，可怕至極，差點被繞暈了。

英國有一部很酷的紀錄片《56 UP》，總共拍了四十九年，攝影師跟拍了英國十四個不同階層的七歲孩子，每七年拍一次，一直跟拍到了他們五十六歲。在這部紀錄片裡你會發現一個赤裸裸的真相，就是一個人盡其一生也不一定能改變自己所在的階層，這個世界從來都是強者更強，軟弱的你要是繼續原地不動，那連本來屬於你的那部分也要被拿走。

這個紀錄片給我的啟發是，我開始用「一輩子」這個詞語，把自己的人生長河拿出來估量一下，在我剩下的這幾十年時間裡，每一個轉折點大概的狀態是什麼，我不去預設或者幻想有無更大成就的可能，我分析的是，我能承受的最低極限，就是最糟糕的狀態是什麼？

比如說我剛畢業的時候，我的薪水比身邊很多同學低，那個時候我給自己的底線就是，我能在深圳這個城市活下去就可以了，我能養活我自己，並且在職場上是有所累積進步的，而不是重複性地單調機械而過。

我給自己的期限是三年。三年之後，我跳槽到了網路公司。

第二份工作的時候，我為自己預設的底線是，先學會基本的網路行業知識，比如說一些投資熱點、新興產業，我要能跟人聊得來一些專業術語，然後把以前三年累積的企劃跟文案的專長適用在如今的工作上。

一年過去了，上個星期我收到了公司曾經合作過的一個客戶邀請，他準備開始新的創業專案，要組建新團隊，所以邀請我加入，開出的條件也很誘人。

我想起一個小事情，我在第一家公司的時候，隔壁部門有位年紀不小的姐姐，她是公司的資深級老員工，研究所學歷，畢業於一所國內著名的大學，但是她在公司的職位是普通的行政人員，我一直不明白她為什麼要做出這樣的選擇，但是我也不好意思問她，我就一直安慰自己的好奇心，每個人想要的生活方式不一樣罷了。

上個月我跟前同事聚餐，聽說這個姐姐已經辭職了，我們一行人都很震驚，因為感覺她就是要打算在這家公司待一輩子的樣子。同事說她原本是這樣打算的，但是到了後來她發現身邊的同事年紀比她小的越來越多，她漸漸不適應這種年齡上的差距，更重要的是有一天公司空降了一個年齡很小的同事成為她的主管，她在情緒上無法調適，於是就離開公司了。

後來這個姐姐開始找工作，但是發現已經找不到各方面條件跟她差不多匹配的公司了，因為傳統公司開始轉型需要新血，她累積多年的行政工作經驗一個剛畢業的小孩就能做得比她好，她也不願意接受跟畢業生一樣的薪水，後來我們聽說，這個姐姐就失業在家了。

因為這件事情，我一直告訴自己，要在三十歲以前完成從找工作到被提供工作選擇的過渡期。當我的前客戶向我提出加入團隊的邀請時，我突然感覺這個過渡期提前了三年完成。

上個星期我跟耳語（Whisper）的中國創始人蘋果姐姐交流的時候（註2），她告訴我她以前花了很大的努力，在普林斯頓大學畢業後獲得了進入華爾街工作的機會，可是後來當她開始一項為矽谷創業者畫人像的興趣愛好的時候，就在一次分享會上輕而易舉地得到了如今這份工作的邀請，連她自己都覺得這份工作機會來得太過簡單。

這件事情讓我思考的是，那些我們看起來輕而易舉的機會，背後都有著點點滴滴的累積。蘋果姐姐畢業於名校，在大企業實習過，憑著能力拿到了華爾街金融工作的入場券，而為這些創業家的畫像不過是她展示才能的一個憑藉跟管道罷了，所以她能獲得這份回中國組建耳語團隊的機會，也不過是一件水到渠成的事情罷了。

這個世界太過於慌張，很多人都渴望一夜成名、一夜暴富，我身邊所有的有錢沒錢的朋友最近都把精力集中在了股市上，我卻從來沒有對這件事情動心過半分，一是因為我知道自己不擅長這個事情，就不去湊熱鬧了；二是那些大賺一筆的人畢竟是少數。我相信運氣，但是我只相信天道酬勤跟厚積薄發的運氣。

吳曉波出了一本書叫《把生命浪費在美好的事物上》，書裡他說「原來生命從頭到尾都是一場浪費」。我身邊有同事看完這本書後就受不了了，吵著要辭職收拾行李參加吳曉波他們舉辦的南極旅行，喊著要去浪費最美好的生命。這段

註2 耳語（Whisper）：可以說是匿名社交的始祖，二〇一二年上線，中國版耳語於二〇一四年上線。Whisper 最初是在美國大學生中開始流行，並從此掀起了一個匿名社交的潮流。

時間裡，這個同事坐立不安，無心工作。

有一天我終於忍不住了，在微信上留言給這位同事。我說這個口口聲聲喊著生命就應該浪費在美好的事物上的男人，他用十年的時間完成了《激盪三十年》、《跌盪一百年》和《浩蕩兩千年》的企業史三部曲，他也用十年時間把藍獅子從無到有，打造成中國目前最大的原創財經出版社。

你只看到了吳曉波說的「原來生命從頭到尾都是一場浪費」這句話，可是你別忘了他還說過，你需要判斷的僅僅在於，這次浪費是否是「美好」的。

我問同事，你的那些「美好」又在哪裡呢？收拾行李準備跳槽換個好工作倒是真的呢！

這一段話說完，同事就再也沒有吵過要蠢蠢欲動浪費生命的事情了。

勵志的故事向來鼓舞人心，勵志的故事也經常誤人子弟，所以我提醒此時此刻的你，千萬不要聽了我的故事就衝動辭職了，也千萬別看過我的旅行故事就要馬上動身了，更不要稱我為心靈導師可以治癒一切，因為我自己就是個傷痕累累、需要不斷療傷的人。

一輩子很長，不要輕易替自己下結論。那些以前讓我著急的事情，如今想來就跟升級打怪一樣，每一次出現的時候都讓我膽戰心驚，但是一旦過了這一關又覺得也就那樣，然後到下一關的時候我又繼續焦慮起來，周而復始。只是如今我開始適應這個節奏了，因為我相信每一段緊張刺激的升級遊戲，意味著我的成熟又高了一層境界，它更提醒我，那些克制與隱忍、等待跟蟄伏都是有用的，那些屬於你內在的強大力量，那些你日夜累積起來的點滴能力，那些你從別人故事裡拿過來自己重新組建過的價值觀，才是讓你對抗這種「感覺一切都來不及」的慌張的力量所在。

第一章　你的努力配不上你的野心

這個世界太過於慌張，很多人都渴望一夜成名、一夜暴富。事實卻是，那些我們看起來輕而易舉的機會，背後都有著點點滴滴的累積。

第二章

焦慮的世界，不慌張的活法

我們大多數普通人，要在生活裡找到自己喜歡的那種狀態，「忠於自己的內心」是一件多麼簡單而又奢侈的事情。

第三章

生活是自己的，與他人無關

每個人都有聰明之處，關鍵在於你有沒有徹底避開弱點，踏入自己天賦最強的那個領域。

第四章
來一場沸沸揚揚的日子

第一次上學，第一份工作，第一次表白，第一頓送別餐會……。總會有各種各樣的人，陪你去經歷生命中這些重要的時刻。

沒有誰比誰輕鬆如意，
不過是用著自己的努力，
把自己當下這個難題解決掉，
不過是在錯誤中累積經驗，
讓自己下一次的決定多一點勝算罷了。

開始接受自己就是這樣一種性格的人，
我時而內向時而開朗並不是我真的神經病，
而是我與生俱來的一種天賦性格，
我多愁善感並不代表我就是憂鬱，
只是敏感細膩比別人多一些罷了。

第一章

你的努力配不上你的野心。

這個世界太過於慌張，
很多人都渴望一夜成名、一夜暴富。
事實卻是，那些我們看起來輕而易舉的機會，
背後都有著點點滴滴的累積。

沒有一種工作是不委屈的

沒有人能給出一個答案，
所謂好起來的生活是什麼樣的。
在這個熬過去的日子裡，
很多時候只是我們當下覺得困難重重，
殊不知其實你所經歷的，
也正是大部分人正在經歷的一切。

有剛畢業的小孩問我，令姐你能不能告訴我，剛進職場的時候遇上困難了怎麼辦？從校園過渡到職場的心態該怎麼調整？另外就是剛剛開始工作的時候收入不高，該怎麼解決生活的問題？

此時我看見朋友圈裡有人發了一條狀態（註1），說：「十年後你回頭看今天這一刻，自己所遭遇的一切，那都不是什麼大事，真的。」

然後我回覆說，哪裡需要十年，一年的光景，就足夠讓你感覺千山萬水、物是人非了。

最近跟一些老同學聊天，說起剛進職場第一年的感覺，想著那個時候自己去餐廳吃飯也得先看看菜單上的價位到底是多少，有個男生說自己那一年連續一個月都在樓下的自助餐點一份麻婆豆腐，這樣既下飯又省錢。

或許你以為我要說的是一個逆轉勝的故事，可是我要說的是，這個男生如今依舊不是花錢大手大腳的人。他已經累積了幾年的工作經驗跟人脈，遇見合適的投資人開始創業了，只是如今的他每次請我們吃飯的時候，已經不需要像當年那樣斤斤計較菜價的那個男孩了，也就是說，他心裡不慌了。

回到前面那個剛畢業的小孩問我的問題，我本來一開始的回答是想告訴他，你得熬，熬過去就好了，用我閨蜜的話來說，只要你沒死掉，那就一定能過上好的生活，我還想用尼采那一句「那些沒有消滅你的東西，會使你變得更強壯」來安慰這個小孩。

但是想了一會，我就刪掉了剛打出來的這一排字，然後我敲出了另外幾個字回覆他：「沒有一種工作是不委屈的。」

這句話不是我說的，是很多年前我看《藝術人生》裡有一期採訪了我最喜歡的奶茶劉若英，朱軍問她，為什麼你總能給人一種溫和淡定，不急不躁的感覺，

註1　朋友圈：微信當中可分享心情、文章、網頁等給朋友看的頁面，與 Facebook 的功能相同。

難道你生活中遇上難題的時候你不會氣急敗壞嗎？劉若英說，那是因為我知道，沒有一種工作是不委屈的。

很多人都知道，劉若英在出道前曾經是她師父，就是著名音樂人陳昇的助理，劉若英在唱片公司裡幾乎什麼都要做，甚至要洗廁所，她跟另外一個助理兩人一星期洗廁所的分工是一三五和二四六，另一個助理的名字叫金城武。

回憶往事的意義在於，讓人記住的總是美好的那一部分，至於其中的艱難也總會被歲月所淡化，這也是為什麼我跟很多長輩請教他們過去經歷的時候，他們對於那些過往的苦與難大多時候都是一笑而過，因為他們自己也不知道是怎麼過來的。

所以回到如今現實中的問題，身為一個非職場新鮮人，我能想起來這三四年的工作感受也是美好多於不快樂的部分，但是這個過程中我自己體會到的一件事情就是，我以前總以為熬過這一段時光就會好起來了，這種觀點有可能是錯誤的。

一是沒有人能給出一個答案，所謂好起來的生活是什麼樣的。二是這個熬過去的日子裡，很多時候只是我們當下覺得困難重重，殊不知其實你所經歷的，也正是大部分人正在經歷的一切，當然那些極端個別的案例我不想拿來論證這一點。

剛進職場的時候，我們要學習基本的職場規則，要盡快熟悉自己工作崗位上的必要技能，我敢說我們大學裡學的那些東西，基本上進了職場後九成是用不上的，這個時候一個人的學習能力跟領悟力就是最大的競爭力，當然除此之外，更重要的是我們心態上的調適，這件事情小到我該不該跟隔壁的同事打招呼，大到比如直屬主管要我做的事情跟公司的流程規則有衝突，這個時候我該怎麼辦？

你有沒有發現，這個時候你就像一個黑暗中獨自摸索的孩子，沒有家人，沒有老師，沒有學長學姊可以問，周圍一群陌生人漫無表情地穿梭於辦公室的走廊過道上，就像電影裡的快鏡頭，你身後的景象千變萬化飛速流轉，你自己一個人孤獨地停留在原地。

我自己本身是個慢熱的人，加上性格內向，所以職場生涯第一年裡我的狀態是很恍惚的，這種狀態就是，我會經常在座位上邊做事邊發呆，周圍的同事或者主管喊我的時候，我總是會很久才反應過來，然後「喔」一聲，這個時候主管已經走遠了。我趕緊跟身邊的同事求助，問主管說了什麼，接下來趕緊處理，但是因為同事很多時候傳達得不夠準確，很多細節問題沒有交代清楚，我不能去問主管。因為我剛剛回答的態度是我已經知道該怎麼做這件事情了，於是我就懵懵懂懂的把事情做完，結果想也知道，肯定是被退回來反覆修改。

也是因為這樣，有一段時間內我差點得了憂鬱症，因為覺得自己怎麼做都不對，方案交上去主管沒有回話，PPT報告完了同事們的表情就是沒有表情，辦分享會的時候想把氣氛弄得活潑一點，但是不知道怎麼把握分寸……就是這種沒有人給你回饋的狀態，讓我覺得自己被冷落了。

幾年後我自己才慢慢摸索明白一點，身為一個職場新人，別人都在靜悄悄觀察你的所作所為，你沒有多少經驗資歷，所以他們看到只是你的個性表現跟基本的工作態度，而你表現出眾的那部分，即使他們欣賞也不會表現出極其熱情歡喜的樣子，他們不是你的父母也不是恩師，他們沒有必要鼓勵你，當然從另一面來說，他們也不會因為你做得不對而用力批評你，這種不悲不喜的狀態，或許就是所謂成熟的社會人士吧。

就是因為這種看似不被認可的狀態，你會感覺自己一直做得不好，而且也不知道怎樣才是對的。還有就是，如果只是在座位上做自己的工作也就算了，很多時候你需要跟各種同事打交道，他們沒有好壞之分，只有跟你的氣場合與不合，於是你覺得有時候很小的事情溝通起來很吃力，哪怕只是申請個印章，哪怕只是填一個流程表，一步步關卡讓你覺得就像冒險遊戲一樣，只是這一場遊戲裡沒有刺激好玩的那一部分，只剩下闖關的寸步難行了。

也是幾年後我才明白這一點，那些你看上去吃力的部分，恰好就是維持職場有序進行的準則所在，正是這些你看起來死板麻煩、密密麻麻的規章制度，才是一個社會新鮮人學習到東西最快的教材，因為這些準則都是一年年完善補充過來的，你熟悉的越多，適應得越快，你的焦慮感就更減少一些。

很久以前我也一直告訴自己，說熬過了這一段時間就好了，但是我慢慢發現「熬」這個字已經不能帶給我力量了。我漸漸意識到，當我工作上開始有累積，我期待自己可以管理一個團隊，接一個好的專案，這個過程中必然涉及很多我以前沒有接觸過的部分，比如說整合、分派團隊工作，比如說如何跟其他部門的同事打交道，比如說要預估項目能否按時完成的風險，這些事情比起那些剛進職場的小委屈，要複雜多了。

而我也開始知道，那個坐在我對面辦公室裡的主管，他每天需要考慮整個部門的協調狀況。那個每天早出晚歸的CEO，他需要跟投資人描述各種前景跟趨勢，他還需要面對各種錯綜複雜的媒體關係，還要跟有關部門打交道。

那個在這一秒裡的大爺，下一秒或許就是別人面前的孫子。

我身邊最近多了很多出來創業的朋友，以前我覺得這是一件很厲害的事情，但時間長了我也開始理性地看待這些事情。那些有想法有思路有策略的創業者，大部分都是不慌不忙，一步一步地完善自己的事業；而另一部分人，純粹就是為了那一句所謂的「再也不在公司裡做得比狗還累了」出來的，結果自己組建團隊的時候發現不是幾百個困難，而是沒有終點的困難，因為你早上醒來的第一件事情已經不光是要養活你自己，還有你手下的一批人。

於是那些他們以為自己曾經嚮往的「自己當老闆多自由」的想法，瞬間就消失了，這個世上哪有什麼絕對的自由，不過是腳上戴著鍩鏈跳舞的表演者罷了。

我在一個創業論壇上認識了一個北京的創業者，他的朋友圈狀態每天都是一邊激勵自己一邊想執行方案。有一天夜裡我看見他還在加班，於是我問他，你這麼辛苦，值得嗎？他的回答是：「我一開始就知道，身為一個創業者，既要有叱吒風雲、高瞻遠矚的格局跟視野，也得有一個能彎下腰當IKEA搬運工裝修辦公桌椅，以及種種類似清掃垃圾的清潔工心態，否則你就不要來談創業了。」

他還告訴我：「無論你是一個創業者還是領死薪水的，你會發現每個階段都有對應的難題，每個角色都會有對應的難題，這個世界不會因為你是一個拿人薪水的，就讓你的苦多一些，也不會等你成為一個老闆之後，你的苦就會少一些。那些那斯達克（Nasdaq）敲鐘背後的重重苦難，是媒體包裝出來的幻象裡永遠不會寫出來的（註2）。」

在我的判斷原則裡，他就屬於那一類理智型的創業者，這種人即使在創業路上走不下去了，角色換成別人家的員工，他也不會糟糕到哪裡去。

我每隔一段時間就會跟我的閨蜜去按摩店按摩，每次到了那樣的場合我其實很

註2 那斯達克敲鐘：美國紐約股市用敲鐘來宣告開盤和收盤。常會邀請政商名流擔任敲鐘嘉賓，後來也邀請各領域名人如非裔芭蕾舞者柯普蘭（Misty Copeland）、太空人阿卡巴（Joseph Acaba）等。作者在此指身為被邀請的成功人士背後擁有許多苦難磨練的歷程，方才成為那斯達克的嘉賓。

不適應，因為我發現有些顧客總是對店員呵斥來呵斥去的，我覺得很不解。閨蜜跟我解釋說，這是因為他們在自己的工作上受了氣，很有壓力，來到這裡就是為了放鬆的，覺得自己在這裡就是大爺了，於是對店員稍稍不滿意就大聲叫囂了。

說起來我是個很卒仔的人，每次去按摩的時候，那些看上去比我年紀還小的女孩每每問我力度夠不夠，我基本上都會說可以了。當她們小心翼翼地試探能不能跟我聊天的時候，我總是第一時間想辦法打開話匣子不讓她們尷尬，無非就是聊聊新聞聊聊八卦，這些也都是我願意說的。

我跟我的閨蜜說，我們不能像那些顧客一樣態度這麼惡劣，我們就是從職場新人過來的，知道每一份工作的難處與不易，就像我們去餐廳吃飯上菜慢了一些，催一催也就算了，沒必要小題大做，我們改變不了別人，但至少自己可以保持好基本的禮儀。

有一次一個按摩的女孩告訴我，說下個月就要回老家不做了。我問她為什麼，她說自己弟弟去年剛考上大學需要繳學費，自己沒什麼學歷只能出來做這一份工作，現在家裡的經濟狀況好一點了，所以就不想在這裡上晚班這麼辛苦了。

後來我漸漸發現，每隔一段時間這家按摩店的女孩們都會換一批新的面孔，於是我開始明白，她們跟我一樣，也是慢慢從新人變成老鳥，解決了基本的生活問題後，再去尋找更好的出路，於是又一批新人進來，如此循環。

我一直覺得這個世上從來就不會有什麼誇張逆轉勝的事情，那些我們聽到的從魯蛇翻身變溫拿的事情（註3），大部分是因為媒體的誇大。在我認識的人裡面，那個當年請我們吃飯要先看菜單價格的男同學，即使如今已經開始創業了，他依舊是有節有度地用好每一分錢；那個我在旅行路上認識的，手上已經十幾個案子的投資人大叔，他也需要謙遜耐心地在自己的那個圈子裡運營更大的一盤棋局。

沒有誰比誰輕鬆如意，不過是用著自己的努力，把當下這個難題解決掉，不過是在錯誤中累積經驗，讓自己下一次的決定多一點勝算罷了。

這三四年的時光下來，我依舊在職場中掙扎，依舊在生活中掙扎，我不會告訴自己「過了這一段就好了」。如今我會告訴自己的就是：若人生真有需要走這一段路，我寧可這些委屈分攤到每一個日日夜夜，這樣哪怕有一天我真的取得

註3　魯蛇、溫拿：網路流行用語，魯蛇為Loser的音譯，指一無所成的人，多用於自嘲；溫拿為Winner的音譯，指在某個領域成功的人。

了那麼一點點成功，也不至於喜出望外得意忘形，因為我知道這本來就是一段長時間努力順其自然而來的結果罷了。

當然如果這條路上有人與你同心，那麼這份委屈可能會變得少一些淡一些，就像我喜歡的一個大叔昨晚朋友圈裡說的那一句：「和高人聊天，最大的收穫不是獲得了什麼秘訣，而是知道哪些彎路可以避開。」

同樣的道理，這些過來人，以及或許我有一丁點資格作為另外一波人的過來人身份，我所能告訴你們的就是，沒有一種工作是不委屈的，明白了這一點，或許我們對所謂「會好起來的」期盼不再是一種極致追求，不再需要馬上具體地呈現出來，而是一種潛移默化的進步與慢慢變好。

畢竟，無論在什麼樣的歲數裡，成長這件事情，都是我們靈魂裡能牽扯一輩子的課題。

你所謂的天賦，只能讓你成為一個普通人

覺得自己不合群，
別人不愛聽我說話，
我也不愛聽別人說話，
或許也是年輕吧，
總覺得自己是唯一不同於這個世界的人。
直到後來才明白，當年自己所謂的天賦，
也就只能讓自己成為一個普通人罷了。

有女孩留言，請我寫一個如何跟陌生人搭話的攻略，她想學習和陌生人說話的藝術，而且希望能達到「讓人覺得你不是八卦探人隱私」的境界，讓別人敞開心扉談他們的故事。

對於這個女孩的問題，說實話，我是一個失敗的聊天者，至少從大部分人的評判標準上來說，是這樣的。

小時候，我是個乖乖女，其他孩子出去打鬧玩耍的時候，我就在自己屋裡做布

娃娃或者一個人玩家家酒。爸媽忙的時候，就把我寄放在鄰居家裡，我該吃就吃，該喝就喝，不吵不鬧，等晚上爸媽把我接回家。所以我一直都是別人口中那種「別人家的孩子」，聽話文靜有禮貌。

上學後，其他小朋友爭著舉手回答問題，積極參加活動，我只會在旁邊靜靜地待著看著，除非有老師叫到我了，或者同學們喊我幾次了，我才會慢慢地加入他們。

我十幾年的讀書生涯就是這樣過來的。考大學那年，班上所有同學每天到講臺排隊問老師問題，我還是跟以前一樣，從來沒有主動提問過，連班導師都緊張了，說小令你不懂的題型一定要問老師啊，這樣下去是不行的。

我回答老師說，我不覺得自己是個聰明的孩子，更不是資優生，補習班名師的題目我看也不看，要是考試出了那樣的題目我也就認了。至於簡單的題型，多練幾次就好了，別人問問題是因為整個學科的重點沒有融會貫通地複習好，他們只是陷於其中一個難點跳不出來了，其實無非就是那幾個重點，背熟就好了。

從此以後，班導師再也沒找我談過話。

後來，我考上了不好不壞的大學，這四年的日子裡，我像其他同學一樣希望參加社團提升自己的能力，可是我被拒絕了。如今回想起來，也是因為我的確沒有表現出多少的興趣，不鹹不淡的傻女孩，他們又怎麼會選擇呢？

就這樣，我開始糾結，思考了很多人生問題，覺得自己不合群，別人不愛聽我說話，我也不愛聽別人說話，或許也是年輕吧，總覺得自己是唯一不同於這個世界的人。直到後來才明白，當年自己所謂的天賦，也就只能讓自己成為一個普通人罷了。

我的專業是新聞學，我從小就喜歡寫東西，以為自己適合這個專業，後來發現我錯了，第一步就錯了。這個專業需要學會跟別人打開話匣子，需要跟別人聊天，需要把別人的話引導到自己或者專業課老師已經擬定好的標題上。這對於我而言，是一件多麼恐慌的事情！

於是我開始在校園裡跑各種活動採訪寫稿子，然後跟著媒體記者跑新聞。後來，我到了北京一家媒體公司實習，每一次的採訪提綱，我都準備得很認真，但是我慢慢發現，自己根本沒有辦法順著提綱走。後來有位老師告訴我，做這一行久了，其實跟工廠差不多，範本都是一樣的，換一個人物跟切入點就好了。他還安慰我不要著急，熟練了就不需要準備提綱了。

畢業後，我到了深圳的一家傳媒公司上班，做電影電視劇企劃，一樣需要筆上功夫，一樣需要口語表達，但是跟以前的狀況很不一樣。

為什麼不一樣呢？

做電影企劃，我們需要包裝一個主題，而這個主題無論是正面的還是負面的，只要你能自圓其說，有看點，那麼就過關了。我們部門每個星期都有一次分享會，關於電影或者是關於讀書，我看著同事們熟練地用PPT表達自己的觀點，很是羨慕。

有個男生喜歡尼可拉斯·凱吉，於是把他所有的電影都找了出來做分享，中間還穿插了無數尼可拉斯·凱吉跟其他女明星風流史的八卦新聞，我聽得津津有味，那也是我至今為止都印象深刻的一次分享會。

有個女生很喜歡黑色喜劇電影，那是我從來沒有接觸過的一種類型。這個女生平時是個安靜少話的人，可是當她對著自己的PPT手舞足蹈地表演電影中的一個個搞笑情節時，深深地吸引了我，那也是我第一次明白一個道理：遇上自己喜歡的人和事，你的種種表現在別人眼裡都是有光的。

事後我去找她聊天，才發現她也是個喜歡看書的人，但看的書大部分都是偏向古文風格的，她中文系出身，或許是個人的喜好加上大學四年的專業學習，很多生澀偏門的觀點在她的描述之下，我有了很大的興趣。

就這樣，我一點點地觀察著身邊的人的表現，亦如十幾年前的自己，在角落裡安靜地看著別的孩子舉手發問，我在心裡分析著：這種表達方式我也可以用，這個新聞切入點我也可以試試，那個幽默段子的梗我先留著，以後用得上。我邊看邊學，即使在公司開會的時候我依舊不是那個喜歡積極表現自己的人，但是我的腦袋飛速轉著，把自己能領悟到的東西一點點記在心裡。

有一次，公司舉辦了一個內部辯論會，我因為是新人，理所當然「被報名」了。我這樣一個不愛說話的人，居然要去跟別人辯論，要是以前的我絕對一口拒絕，可是這是職場，我的第一份工作，我是一個菜鳥，我沒有資格去跟主管提要求說我能不能不參加。

果然，我一上場就慌了，別人大嗓門一開，我整個人都被嚇壞了，更別說反駁別人了。我就那樣站著，看對方辯友不停地論述觀點，我身邊的兩個隊友同樣是職場新人，同樣是不愛說話的人，這十分鐘的辯論賽，是我人生中最漫長的十分鐘，我已經不願意再去回憶那時候的心情了。

到了辯論賽第二個環節，需要每一隊派出代表闡述自己的論點，我的論點是「電視劇中插播廣告是不應該的」，隊友沒有人願意出來，又推給我。我站出來，閉上眼睛深吸一口氣，然後模仿電視裡的各種廣告，一一吐槽，下面的同事們笑聲不斷。

講完後，我全身都濕了，結果不出所料，我們這一隊輸了，但是當我走下辯論台的時候，好多同事跟主管都走到我身邊，說我的表演很好，做得很棒，當時我的腦袋一片空白，哪裡還聽得見這些。

說了這麼多，貌似跟「如何跟陌生人開口搭話」沒有任何關係，這是真話，在職場的第一年，我戰戰兢兢，經常懷疑自己的未來，我這麼一個不會說話的人，怎麼可能在職場上混得下去？

這一切的改變，來自我的兩個同事YOYO跟KK，她們都是漂亮的女生，也是重度星座主義者，我跟她們吃飯逛街甚至到公司樓下散步，她們都會跟我聊星座的事情。

以前我是從來不信星座這件事的，所以一開始對於她們的洗腦我很反感，可是後來我發現身邊同事的做事方式都可以根據星座來分類，於是我開始去學習星座相關的東西，雖然至今不算很懂，但是我開始接受這個東西，就跟人以群分一樣，星座用現在的話來說，就是大數據分析加上分類後的效果呈現。

真正的轉折，是有一次YOYO發了一段影片給我，是白百合跟張嘉譯主演的電視劇《浮沉》，電視劇裡白百合跟自己的同事麗蓓嘉坐公車上班，麗蓓嘉對白百合說了一句，「你們摩羯一出生就十六歲了，太難溝通了！」那個下午我看到這一句話，心裡的確是被重重地撞擊了一下。

於是我回去查看星座一類的書，開始研究自己的星座——摩羯座，開始知道這個星座的人就是那種「外向的孤獨患者」，比如說是人來瘋，是聚會的焦點，是朋友圈的幽默大王，然而人群散去後又換了另外一面；又比如說對待不同的人會有不同的性格，有時候神經有時候鎮靜，從小懂得很多道理也會多愁善感，會因為別人一句話傷心但不會被發現；還比如說會安慰很多人卻沒有人安慰自己，有時候會笑得沒心沒肺有時候卻很沉默。

這些如今我看起來再平常不過的星座分析，在那一年卻重重地撞擊到了我，因為這些一針見血的表述，我在大學裡的糾結與思考，因為不愛跟別人溝通而懷疑自己是不是內向過頭的自卑，以及因為不善於爭取而錯失的很多機會，這些過去不自信的來源跟自我懷疑，如今在星座描述的面前，我突然感覺變得堂而皇之，變得理所當然。

也許YOYO至今都不知道，她那個無意識的舉動，讓我開始接觸星座，後來開始接觸性格分析，接觸人格類型這樣的相關知識跟觀點，我慢慢從自我懷疑中脫離出來，然後開始一點點地分析自己。

我開始接受自己就是這樣一類性格的人，我時而內向時而開朗並不是我真的神經病，而是我與生俱來的一種天賦性格，多愁善感並不代表我就是憂鬱，只是比別人多一些敏感細膩罷了。

我不再經常懷疑自己，我開始發現身邊的同類，我們適合小範圍的聊天，不適合公眾場合的侃侃而談。

我開始學會避免性格上的缺點，比如說在團隊裡我會充當管家婆的角色，跟大家出去旅行遊玩的時候，我會負責打點細節安排好一切；比如說需要有人發言作總結的時候，我會建議推舉那些活潑的同事或者朋友發言，他們本身就是人群中的積極分子，所以他們也不會拒絕。這樣下來，每個人都分工明確，我找到了適合自己的位置，心裡也不再恐慌。

接下來我琢磨著怎麼發揮自己的性格優點，這個分幾點說：

一是我開始繼續自己這些年寫日記的習慣，但是不再是單純的流水帳記錄生活，而是有針對性地確立一個主題，把今天的收穫歸類匯總，這也是我開始經營自己的部落格、上知乎表達我的觀點（註1）、做一個微信公眾號的原因所在（註2）。

二是我開始學會分析並安慰自己的不足與缺失。我有個同事是港大研究所畢業，她跟我一樣在武漢讀大學，在學校裡她是辯論會上的風雲人物。以前我要是遇上這樣的同事我可能自卑得要死，現在我開始學習她表達觀點跟分析專案

註1 知乎：是中國一家創立於二〇一一年的問答網站。

註2 微信公眾號：微信公眾號是微信提供的升級服務。功能較一般帳號更為強大，擁有消息管理、關注用戶管理、統計……等功能，類似於Facebook的粉絲頁。

的邏輯能力，然後把對自己有用的部分拿過來。

至今我仍不是個喜歡在工作會議上積極發言的人，但是我會適當地提出自己的建議跟觀點。另外，我最擅長的就是記錄跟總結，很多同事開會不喜歡帶筆記本，我卻是連跟主管談話都會帶個本子的人，不是為了表現自己很認真，而是我需要隨時記錄別人不經意的一句話帶給我的靈感。

三是我開始刻意去尋找那些跟我的性格相似的人，在他們身上得到「原來我不是一個奇怪的人」的這種歸屬感，然後看看這一類人是怎麼處理自己在各種場合中的情緒狀態。

久而久之，我開始跟這一類人熟悉起來，慢慢從同事進階到很好的朋友關係，也是因為這樣，如今我在深圳，也能有那麼幾個可以隨時叫出來吃飯喝茶的朋友，即使沒有別人那種光彩的大圈子人脈關係，但是這三五個人對我來說，已經足夠了。

四是我開始用開放的心態去處理事情，遇到公司裡很活潑很出眾的同事，我不再像以前那樣嗤之以鼻，我告訴自己這就是人以群分的狀態，我坐在角落裡有我的天地，他們在歡樂的聊天中也有他們的天地，和而不同才是這個世界最本源的狀態。

五是我依然是一個慢熱的人，比如說這兩天在民宿認識的Honey跟麻衣姐姐，一開始我都是每天在民宿的院子裡聽她們聊天歡樂，始終沒有靠近她們，直到民宿老闆過來說這個Honey很會玩，就住在你隔壁，於是我們在陽臺晾衣服的時候才聊上了。

我說我剛來到大理，什麼也不會玩，但我很喜歡吃小吃，於是Honey就說帶我去玩。接下來幾天跟她混吃混喝，她幫我拍美美的照片，一直到第三天的那個夜裡，我們淋了一場大雨飛奔在回民宿的路上，我在路上大喊說「這好像回到了我的小時候啊」，Honey馬上就跟我說起了小時候的故事，於是她的故事就開始了。

麻衣姐姐是我到麗江第四天遇到的。那天我一個人坐在院子裡的搖椅上發呆，她過來玩弄桌子上的小雛菊，我說我很喜歡這個花，小巧清香不起眼，麻衣姐姐說起自己幾年前第一次買小雛菊的場景，於是她的故事就開始了。

不知道你有沒有發現，我慢慢地放開了自己的戒心，然後在一個適當的時候表達出我對某個環境某種東西某種回憶的喜愛，對，就是回憶這個詞，我覺得所有人都是有共鳴的，有了這個切入點，我才開始用自己擅長的聊天方式，把別人的故事引出來。

如果你覺得我只是發問，那就錯了。

以前我去採訪新聞的時候也擔心，一個稚嫩、沒有經驗的小屁孩，如何能夠與那些有資歷的人物平等對話？後來我明白了，或許我跟他們在人生累積跟見識上是不對等的，但是在人格尊嚴上我們是對等的，這個時候，你只需要表現出自己的真誠與請教之心就好了。

Honey是個九〇後，她的年齡跟她的經歷很不相符，這也是我最佩服她的地方，所以我跟她的話題會集中在年輕人的職場迷茫跟交朋友的原則上。

麻衣姐姐不一樣，她足夠的歷練跟過往的滄桑是我所不能感同身受的，我跟她專注的話題，就是關於女性的事業，人格的獨立，對於人性初心的探討，以及要對這個世界永遠充滿期待的信仰。或許我說這些東西的時候有人會覺得很虛，但是相應到每一個有故事的人的時候，他們的經歷配上這些勵志句子，有時候會讓我感動得差點哭出來。

六是我開始遠離那些跟我磁場不合的人，然後定期清理朋友圈，集中精力去經營一段好的關係，比如說會定期跟閨蜜見面，跟死黨同事聚餐，遇上她們生日的時候即使沒有貴重禮物，但是規劃好那一天的主題也足夠讓她感動。比如說遇上一些年紀大的前輩，我會在節慶假日發一條原創的短信表達問候，有不懂的事情會條列出清楚的疑問來請教。這些細節看似沒用，還有人說這得多辛苦多麻煩，但是你每天看一遍朋友圈、看無數的公眾號就不麻煩就不浪費時間了嗎？

能量用在哪裡，是看得見的。每個人對生活中各個事項的重視程度跟優先排序不同，這也造就了每個人最後的終點不一樣，我沒有資格去判定哪種好哪種不好，我的觀點是你可以為自己計劃更好的一種生活狀態。早起一杯溫開水，每天吃點水果，沒有時間運動，在家做幾個仰臥起坐也好，或者跟對味的朋友吃飯，不理那些負能量的人，發誓立志誰都會，但是做起來的人就少了，更何況一個好習慣的養成其實只需要二十一天就夠了。

差不多說到這兒了，這些話都是我最真實的感悟，不知道這些話對你有多少幫助。我只能期待著有人讀得懂我要表達的是什麼，哪怕只有一個贊同的聲音，也就夠了。

不要拿著別人的地圖，找自己的路

我一直覺得，
只有說服了自己，
才能從別人身上求得認同感，
或者是當自己經過思考實踐後再去向別人請教，
這樣得到的答案會更加具體一些。

前段時間寫了一篇〈人穿衣服的品味是如何養成的〉，到今天為止，我已經被不下一百個人問同樣一堆問題了：你說的那家店在哪裡？叫什麼名字？我跟你一樣的狀況，你告訴我該怎麼穿衣打扮？達達令我跟你情況不一樣，我該怎麼找到適合自己的風格呢？我現在念大學，怎麼樣才能挑選到CP值高的衣服呢？

一開始我會耐心回答，後面我就漸漸不回覆了。

我記得廣告天后李欣頻說過一個故事，她印象最深刻的是在一場大學演講之後，有位學生興沖沖跑來問她：「老師，我下個月就要去巴黎了，你能告訴我你對巴黎的看法嗎？」

李欣頻還記得當時自己一臉不可置信的表情看著那個學生說：「天啊，這是你第一次去巴黎，你怎麼捨得把你對巴黎的『首度定義權』交給我？你擁有最寬廣、對巴黎探索後的首度定義權，這是你生命專有的，不該讓任何人的看法阻擋在你與巴黎之間！」

我從來不是個懂時尚的人，在穿衣打扮這件事情上，因為知道自己不擅長，於是花了很多年、很多錢、很多時間去吃虧去反省去領悟，至今我還不知道哪種風格最適合自己，我唯一能做到的就是讓今天的我比昨天的自己更好更美更得體一些，僅此而已。

所以，你又怎麼能期望從我這拿到所謂的秘笈，第二天馬上讓你也變成「你穿出來，別人覺得這就是你的風格，這一身裝扮已經漸漸有你個人品牌跟品味的狀態」那樣的一個你呢？

說了這麼多，我說的都是故事情節，以及品味概念這件事情，這跟你什麼膚色什麼身形什麼身高該買連衣裙還是T恤牛仔褲沒有任何關係，可是大部分人都希望從我這得到一個具體的指導方案。天啊，如果要時尚指南，你搜尋一下，一堆教主等級的指導法則，又怎麼還輪得上我在這嘰嘰喳喳嘮叨一番呢？

知乎上有個很紅的帖子「體重一百二十斤和一百斤的世界是完全不同的嗎」（註1），那個最多讚的女生的Before跟After簡直勵志到不行。在她的一千五百條評論留言裡，清一色都在問你這是真的還是假的，效果有沒有這麼好，能不能不節食，我不愛跑步怎麼辦，求運動計畫，求減肥秘笈之類的種種問題。

結果這女孩回覆：「什麼減肥幾個月沒有效果的就麻煩不要再到處問了，這些照片跨越了我六年的青春，一直在努力，六年才換來好的皮膚，能看的身材，凹的好看的雙眼皮，你幾個月就要有效果，我真是一口老血噴出來了。」

說得太狠了，太爽了！

每次我遇到決定人生的重大問題的時候，我很少問別人的意見，都盡量自己去

註1　體重一百二十斤和一〇〇斤：一百二十斤為七十二公斤，一〇〇斤為六十公斤。

找答案。我一直覺得，只有說服了自己，才能從別人身上求得認同感，或者是當自己經過思考實踐後再去向別人請教，這樣得出來的答案會更加具體一些。

如果你要和一個女生約會，千萬不要問她「你喜歡吃什麼水果？」直接就問「你喜歡蘋果還是香蕉？」同樣的道理，千萬不要問她喜歡聽哪一類型的歌，直接就問「你喜歡聽劉若英還是范瑋琪？」女生在你面前也希望能有好的表現好的發揮，所以她也緊張，她也希望能簡單明瞭切入主題。

反之，女生也是如此。

至於點菜，那就更加如此了，千萬不要說隨便，哪怕你說我喜歡西餐還是中餐，我喜歡吃菜多過吃肉，這也都是很不錯的進步了。

泛泛而談，最終只會毀了一場約會，成就更多的剩男剩女罷了。

你問我為什麼知道這些，因為這是新聞寫作課上關於記者提問方式的很重要的一個思路，也是我日常工作做調查問題時所需要參考的封閉式問題（註2），這也是《蔡康永的說話之道》裡提到過很多次的論證，而這些，都是我自己領悟實踐出來的。

上個月我的大學同學所在公司接手了當地政府的一個專案，需要在廣州深圳替他們舉辦一次旅遊推廣的活動，同學請我幫忙找一些資源。

我瞭解情況後，就向我之前上過培訓課的文案創意老師尋求幫助。我把專案的大概情況、需要的資源、預期推廣週期、預算情況一一羅列清楚提供給老師，然後提出兩個問題：一是這樣預算等級的案子，您接不接？二是如果您不接的話，能不能為我推薦一下各方面都比較合適的團隊。

第二天，老師回覆，預算有點低，他們的團隊可能暫時不接，但是推薦了一個合適的人選給我，因為有這位老師的推薦，所以跟這個人的開場也銜接得很通暢。

在深圳工作這些年，家裡總有些親戚的孩子會問我，我該去考研究所還是找工作？我該選擇在家鄉還是到深圳那邊試試？我要選擇自己喜歡的網路工作，還是聽我爸媽的話去考公務員？我該選擇娶A還是娶B？我明天要考教師執照了，請問我該讀哪些書？我該怎麼讓自己有成就？我要如何一天讀一本書？

我想起前幾年，有次看到張泉靈在北大畢業典禮上的演講影片，她說，如果你考大學時選的專業不是你喜歡的，而是你父母喜歡的；你的選修課不是你喜歡

註2　封閉式問題：封閉式問題追求的是一個明確的答案，例如是或不是，通常以「什麼」、「何時」、「多少」來發問，或者是問對方同不同意某個觀點。

的，而是拿證照多、學分好得的；你求職不是挑你喜歡的，而是待遇好的，請問，你選擇時從未把喜歡當一回事，憑什麼你會從事喜歡的職業呢，並且成為終生的事業呢？憑什麼呢？

當下的我一下子愣住了，繼而我又從自我反省中回過神來。

每年的畢業之際，大家談論最多的就是兩句話，找到工作了嗎？待遇多少？其他所謂的企業性質、公司文化、培訓情況、具體工作分配、上班地點、消費情況，一概不關心。

大概所有的老闆都很討厭三月吧，職場跳槽季，人力銀行網站無一不在喊著「你值得更好的薪水」這種浮誇的口號，於是，無可避免地人員來來去去。

春天來了，花就要開，這是自然法則，似乎沒什麼道理可講，工作變動是很正常的事情，每個人都在努力找自己的位置。

「有的來去是有意義的，要賺錢更多，要賺做的事情更符合自己的意志，如果兩個條件同時都符合，不去才傻；但有的來去是沒有意義的，就像到此一遊的旅行，只不過是一群在自己的土地上活膩了的人短暫地逃到另一個被當地人活膩了的地方去。」

這是雷鋒網編輯林藟頭的一段話。

這些年，陸陸續續聽到一部分同學開始換工作了，甚至更多的是女生們都結婚生小孩，已經不討論工作這件事了。

我仍舊記得畢業那年自己是如何煎熬過來的，班上幾乎所有找工作的人都找到了，還有一些是反悔了再找到第二份工作，而我卻一直沒有動靜，學校為了就業率，不停地催促我，可我還是在他們的轟炸與質疑中堅持著，既然拿到的offer不喜歡，那麼不去也罷。

原諒我是如此的頑固，即使在家人擔憂的情況下。

我們這樣一個普通的大學畢業生，只能在人群中一場場地跑徵才會，看著別人考公務員，看著別人拿到offer，然後聚餐慶賀。

最終，工作還是到手了，即使不是記者，也是一家傳媒公司，職位也是我自己喜歡的，加上大學裡的無數次自我剖析與反省，加上自卑到骨子裡所延伸出來的小心翼翼，出來工作這幾年，沒有那麼多的不順，即使在面對壓力時，也說服自己走過來了。

慶幸的是，摸爬滾打中，還遇上了一些好主管、好同事，於是我開始學習企劃、市場、品牌、資料整理與分析，在地鐵或公車上習慣性地看各種廣告文案，更重要的是，我開始學習管理自己的情緒。

當我看到大家在各種抱怨的時候，我心裡也終於能呵呵一回了。

如今這個季節裡，我也開始面試一批批求職者，我漸漸明白了一點：當我還是求職者的時候，我會因為面試失敗而沮喪，認為是對自己價值的否認；可是現在站到了面試官這一方，也才領悟到，找工作這種事，沒有什麼絕對的對錯，只有合適與不合適。

法國哲學家沙特（Jean-Paul Sartre）說過，所有人的所有選擇都是心甘情願的，並不存在絕對的強迫和限制，人總是試圖說明自己生活在限制中，是不自由的。

但是，如果命運並不是我的選擇，我還有什麼責任？能夠負擔什麼罪責呢？

想起《無間道》裡那一場經典的對決：

劉建明：「我以前沒得選擇，現在我想做一個好人。」

陳永仁：「好，跟法官說，看他讓不讓你做好人。」

劉建明：「那就是要我死。」

陳永仁：「對不起，我是警察。」

說到這裡，我又想起了李欣頻的一段話。

「所有五花八門的問題，其實歸結起來只有一種：就是他們不相信自己能百分之百決定自己的人生，為自己做全權的決定。

「因為自小父母與老師就幫他們把生活與人生方向定好了，一旦長大成人，發現自己可以做決定時，卻開始害怕自己做的決定會有錯、會受傷、會失敗，所以拿著自己的問題到處去問人，病急亂投醫，到處拿別人的藥方來醫自己的病，就像是拿著指往別人家的地圖在找自己回家的路一樣荒謬。」

這篇的標題，就是從李欣頻這一段話中得來的靈感。

千萬不要做意見或是現成答案的乞討者，伸手牌做多了會變傻變笨的。

找你喜歡看的書，找你喜歡住的房子，找你喜歡的餐廳，去你喜歡的地方旅遊，找到你喜歡的風格跟磁場的朋友……試著去發現去等待更多的驚喜。

試一試，讓自己成為問題的解答者吧。

人生不必那麼用力

有些人的福報，是比別人來得晚一些，
就跟我們小時候參加運動會一樣，
我們的起點是慢了些，
但是誰能保證晚一點到達的人，
就一定是很糟糕的那一批孩子呢？

有個女孩留言給我，她從大學畢業到參加工作，一直感覺時間還有很多，於是忙著工作忙著旅行忙著培養自己的各種愛好，就是忘了最重要的事情，找個人嫁，嗯，還得是個好人家。

如今年齡不小了，卻沒談過一場戀愛，馬上就要到了似乎要被綁架的年齡，自己也急迫了起來。

最後女孩說，不過我也很是負責地告訴自己，命運會安排的。

看到女孩的留言，我想起了一個故事。

我生長的那個南方小鎮上，有個女孩小雪，在家裡排行老六，前面有五個姐姐，下面有一個弟弟。小雪五歲那年，父親死在戰場上，因為當時政策不完善，家裡也沒有任何補貼，小雪母親拉拔著一堆孩子長大。因為家裡窮，每個月只有不多的糧食，小雪媽媽總會抓一小把米放進鍋裡，倒上一大鍋水，煮成一鍋稀薄的米湯，然後小雪幾個兄弟姐妹就一股腦地衝上去，希望自己能多盛到幾粒米。小雪年紀小，體力不夠，永遠吃到最少的米粒，而比她小的弟弟因為得到母親的疼愛，總是能悄悄溜進廚房得到母親另外藏起來的乾糧。

小雪七歲就開始種菜、做飯、洗衣服跟餵豬了，因為糧食有限，小雪總是會去地裡挖紅薯，然後去河裡洗乾淨了皮都沒有削就直接吃了，那個年代，小雪的胃從來就沒有飽過。

上小學後，小學跟著鄉村教師認字，因為她聰明，寫得一手好字，深得老師喜歡，於是可以偶爾留在老師家吃上一口熱飯，有時候還能吃到四分之一個雞蛋。這幾年的光景裡，小雪就是靠老師的照顧慢慢熬過來了。

到了十六歲那年，小雪前面幾個姐姐都已經開始有人提親，然後相繼出嫁了。家裡沒有嫁妝，小雪就上山去砍柴，冬天去窯裡燒炭，然後拿去市集上賣，幫她幾個姐姐換回了一個皮箱、一台鳳凰牌縫紉機、一台收音機當嫁妝。

轉眼到了二十歲，小雪覺得自己該出嫁了，於是問母親有沒有好的人家可以相識。結果母親瞬間淚流滿面，原來母親最操心的是兒子，家裡太窮，根本沒有女孩願意嫁給小雪的弟弟。

於是小雪說，要不我就先留家裡吧，媽我答應你，只要弟弟一天不成家，我就一天不出嫁，我向你保證。

母親終於停止了哭泣。

於是，小雪跟著家裡的親戚，南下到東莞工作，在一家工廠裡做生產線工人，一年回一次家。第一年過年回家的時候，小雪帶了一筆錢交給母親，說這是給弟弟的彩禮錢，你再給我幾年時間，我一定能幫弟弟娶到老婆。

母親備感欣慰，覺得這些女兒中，終於有一個為家裡著想的人了。

小雪在東莞待了五年，期間一直有年輕男子追求她，但是無論對方多有誠心，小雪就是不為所動，在她的信仰裡，一定要幫弟弟解決人生大事，否則她就不配當姐姐，也是因為這樣，最後很多男人都退縮了。

二十五歲那年，有個東莞工廠的年輕老闆喜歡上了小雪，因為知道小雪家的情況，於是提出可以幫小雪解決老家裡的困境，包括她弟弟的成家立業問題，但是有一個條件是希望跟小雪馬上結婚。

小雪想了一晚上，第二天拒絕了那個老闆，說我知道你對我好，如果跟你結婚了我家裡的一切境況都能得到改善，但是我真的對你沒有感情，我覺得這是一種欺騙，雖然我沒讀過多少書，但是我還是覺得這樣是不對的。

年輕老闆感慨萬千，終於決定放手。

這一年過年回家，小雪把存到的錢全部給了母親，然後弟弟風風光光地把老婆娶進門，村裡無人不誇讚小雪聽話懂事有出息。

接下來的兩年，小雪就一直待在家裡幹農活，說是在東莞工作太漂泊，晚上一直睡不好覺，而且越是年紀大越有工廠的大媽八卦她是個老處女，小雪乾脆就不再到東莞去了。

這時候小雪二十八歲了，她越來越發現家裡的情況不對勁，從之前母親跟親戚誇讚她照顧家裡體貼大方，到後來漸漸喊她是個老姑娘，就連同村的年輕男子有喜歡小雪的，都會被家裡父母告誡不能娶小雪，一是因為小雪年紀大了不好生孩子，二是大家都議論小雪在東莞那五年，天知道她都遇上了什麼人，要不然怎麼會賺這麼多錢回老家給弟弟娶老婆呢……。

更要命的是，原來對自己感激不盡的弟弟也開始嫌棄她了，弟媳更不用說，每次在家裡吃飯的時候，嘴邊總念著「家裡哪來那麼多吃的多養一個人。」在那個小地方的習俗裡，過了二十幾歲的女孩，即使還沒出嫁也會被視作是別人家的人了。

小雪的母親在椅子上默默吃飯，不敢嘆氣一句。

有天傍晚小雪在江邊洗衣服，木頭一椿一椿地敲打在衣服上的時候，水花濺得滿臉都是。小雪順著臉上的水花，慢慢哭出了聲來，然後看看江邊岸上的其他人家，都是一家幾口人其樂融融地幹活，就連以前一起長大的同伴，都已經是孩子的爸或媽了。

那時候沒有電視，收音機當成姐姐的嫁妝送出去了，小雪唯一的消遣方式，就

是爬上自己家的屋頂，看著滿天的星空，雲霧一陣陣壓下來，壓到胸口很疼，

小雪那一瞬間突然想著：要不我直接去江邊跳河死了算了？

來不及想這些年自己為母親做出的承諾而付出的代價，來不及思考自己對弟弟的好卻換來不解跟挑剔，來不及思考明天去江邊洗衣服的時候，旁邊的大媽會試探性地問自己以前在東莞到底跟什麼人在一起……。

小雪滿腦子想的，都是那五年在東莞的日子，半夜打著手電筒躲在被窩裡縫補已經破了三五個洞的襪子，想起自己在被窩裡吃唯一的零食紅薯乾不敢太大聲，因為擔心室友發現後會說她小氣，她不敢告訴別人來東莞這幾年，她從來沒有在街邊買過半包零食或者一瓶飲料。

只是這一切的種種，她這些年牙縫裡省出來的錢，她所經歷的一切煎熬，居然都比不上那一句「這個年紀還沒出嫁的人，太不像話了」的撞擊來得痛徹心扉。

二十九歲那一年，小雪終於離開老家了，也沒有去東莞，她跟著一個姐姐到了河對面的小鎮上。小鎮上的人們大多都是公家機關的人，即使偶有議論，也不

會給小雪帶來多大尷尬，而且基本上都是不認識的人，小雪也不會在意太多。小雪在鎮上開了一家裁縫店，然後遇上了一個合拍的男合夥人，於是兩人一起把裁縫店做得很大。這期間兩人也慢慢產生了感情，最後到了談婚論嫁的時候，男友說不再開裁縫店了，小雪仔細一問，原來男友家裡人知道了小雪的年紀，母親以死相逼不讓兒子再跟小雪在一起。

男友一直痛哭道歉，要把裁縫店的資產跟這些年賺到的錢全部留給小雪，小雪什麼都沒說，收拾好店面的東西，張貼轉讓店鋪的告示，然後把財務清算，一分不少地把屬於男友的那部分歸還給他，然後說，這一刻我們即使做不成夫妻，也算是很好的生意拍檔，何況你跟別人結婚，也是需要花錢的吧！

男友這時候已經泣不成聲。

小雪離開了小鎮，去了另外一個城鎮，坐汽車需要三五個小時的行程。那個城鎮上，連個親戚都沒有，小雪就在那裡開了一家早餐店，每天人來人往，她的店面總是乾淨整潔的，所以來吃早餐的人也很多。

這個時候，小雪已經三十二歲了。

有天晚上，小雪在準備第二天早餐要用的食材，有個男人騎著一輛摩托車過來，灰頭土臉，說是要在這吃一頓晚飯，小雪回答說我這裡只賣早餐，他說你這不是正在洗菜嘛，隨便幫我炒個菜不就好了嗎？

小雪拗不過，就去做飯去了。

半年以後，小雪結婚了，對象就是這個男人。他是這個城鎮的本地人，因為家裡做乾貨一類的批發生意，每個月總要進山裡的倉庫一趟，因為不修邊幅，所以年紀大了也沒有本地姑娘願意嫁給他，不過他自己也不著急，就這麼磨蹭著也到三十多歲了。

結婚以後，男人疼小雪到不行，因為他發現小雪就是個寶啊，漂亮大方得體，而且幹活做飯管帳樣樣精通。男人一度很疑惑，問小雪你之前怎麼就嫁不出去呢？小雪笑著說我這不是為了耗著等你嘛！

廚房裡鍋碗瓢盆伴隨著兩個人的笑聲，成了那條街上最歡樂的畫面。

後來小雪生了兩個女兒，女兒遺傳了小雪的漂亮基因，一個比一個漂亮可愛。如今大女兒今年準備考大學，小女兒上國中，兩個女兒每天都發短訊給媽媽，出口就是「我愛你媽咪，你辛苦了」之類的，在那個不算發達的小鎮上，小雪把兩個女兒調教得完全沒有一點鄉下人的氣質。

直到今天，小雪的皮膚還是雪白如當年，就是有些斑點。一年四季她唯一的保養品就是大寶（註1），周圍那些跟她年齡相當但是看起來要比她老一輪的大媽，總是問小雪最近買了什麼保養品，還是打了美容針之類的。小雪回答了十幾年，說自己不懂保養，反正開心快樂就好了。

故事說完了。

這個小雪，就是我的小阿姨。今年過年，她來我家探親，晚上跟我睡一張床，我們聊到半夜，她跟我說了這些故事。

我問，那個晚上想跳河的時候，後來你怎麼過來的呢？

小阿姨說，我當時就想著，我快三十歲了，我還沒有戀愛沒有嫁人，既然已經這麼糟糕了，後面也不會有更糟糕的吧？就這麼想著，我當時就在心裡跟自己打了個賭，說我要不就看看自己這輩子真的嫁不出去的話，那又能怎樣？

我說，那你不怪外婆嗎？

小阿姨說，她是我的親生母親，她有她的難處，我從來不會責怪她。

一切都是命，小阿姨說道，也是因為我當年不願意將就，所以才遇上了你小姨丈不是嗎？

我想起劉若英曾經說過，嫁得好不好，身體會說話，這個道理用在我小阿姨身上再合適不過了。

小阿姨跟我說，認識小姨丈那半年，他們也沒時間好好談戀愛，就是很快做了決定要結婚，然後在婚後的日子，她才第一次真正感覺到了戀愛的魔力。

「我比同年齡的人晚了快十年，才得到年輕時候該有的一切戀愛滋味，但是這些年下來，我並沒有覺得遺憾，我覺得是我的，終歸會是我的，只是我在這條路上捱過來的每一個日日夜夜，從來沒有辦法找到一個人訴說。」

說完這一段，小阿姨明顯哽咽起來，聲音也變得沙啞了。

我想起摩西奶奶的百歲感言，她說人生永遠沒有太晚的開始。

朋友圈裡總有人分享「三十歲之前應該做或完成的事有哪些」一類的文章，如果按照這些建議一件一件去完成的話，那我應該算是很失敗的人了，我有太多的願望清單還沒有完成，因為有時候我的見識太少，有時候連一些高大上的夢想都寫不出來（註2），所以我希望自己能多看一點這個世界，這樣我筆下呈現

註1 大寶：中國的知名保養品牌，以價位平價著稱。

註2 高大上：中國流行用語，指高端、大氣、上檔次。

的畫面，才是廣袤而又理性謙卑的。

可是要知道，這一切都是需要時間和耐心的呀！

有天我看到一個咖啡飲料的廣告，它的文案是「趕第一班公車，趕最後一班地鐵，趕稿子，趕會議，趕進度，趕在過年帶個女友回家，趕在情人節把自己嫁出去，花一輩子時間，趕時間？」短短三十秒的廣告，準確地描繪出現在多數人的生活狀況。

我們就是這樣嗎？直到死，都一直在匆忙地趕著時間。

是時候停頓一下了，這個停頓不是一般思考上的那種慢下來，我想強調的是，對自己所期待的一切事情都要有耐心，我是不相信二十九歲的最後一天和三十歲的第一天之間能有什麼本質上的差別，沒有什麼事情是三十歲前不做三十歲後就不能做的，當然除了「過三十歲生日」這件事。

三十歲還沒談戀愛，那又怎樣？不要用尼采那一套「一切殺不死你的東西，都會使你變得更加強大」來安慰自己，我的閨蜜王小姐告訴我，人生沒有必要那麼用力，也沒有必要變得如此歇斯底里，有些人的福報，是比別人來得晚一些，就跟我們小時候參加運動會一樣，我們起點是慢了些，但是誰能保證晚一點到達的人，就一定是很糟糕的那一批孩子呢？

你不敢說，我更不敢說。

如今你問我，比起談戀愛這件事情，我更希望自己三十歲以前能收穫到的禮物是什麼？我的回答是：找到自己的社交圈、興趣愛好，以及對抗孤獨的能力。

最後一點，我會誓死追尋。

也許此生我們都不能成為非凡的人

沒有比腳更長的路，
沒有比人更高的山。
只要熱愛生命，
一切都在意料中。

詩人汪國真老師去世了。

身為一個假文青，我對汪國真的認識僅只於那一句「既然選擇了遠方，便只顧風雨兼程」。除此之外我沒有任何更多的瞭解，所以也不存在太多的沉重之情，然而真正讓我有所感慨的，是我的前任公司老闆在朋友圈發的一條狀態。

我老闆身為一個創業人，他的朋友圈裡永遠都是跟網路行業相關的資訊，昨晚上看到他對汪國真去世新聞的感慨，他感性地說了一句：「當你青春時代喜歡的詩人相繼離開，你便能清楚地知道你的時代離開了。」

看完我陷入了好長一陣的發呆。

去年看到蔡康永的一次訪談，有記者問他《康熙來了》做了十年，感覺主題越來越相似，受眾也越來越少了。蔡康永回答說，我們的觀眾一直都在成長，你之所以覺得收視率降低了，是因為你們這一部分的孩子已經長大了，說明你們成熟了，不需要再看這些消遣類的娛樂節目了，但是你別忘了，你們長大了，就意味著又有一批青少年出現了，不是嗎？

當時看到他這段回答我讚嘆不已，果然是出了兩本「說話之道」的人，給足記者面子，也沒有給康熙製作團隊丟臉，更重要的是，他說的是我們「長大了」，而沒有說我們是「變老了」。我想也只有擁有初心如他，才能說出如此感性跟真誠的話。

我想起自己以前是個思考很直線的人，比如說我不愛跟那些看韓劇的女生做朋友，因為覺得她們太過於愛幻想，比如說我不喜歡跟看本土劇的朋友聊劇情，因為我覺得本土劇太狗血太容易出戲。

我喜歡跟別人聊美劇，而且口味越重的越好，從當年的《絕望主婦（Desperate

Housewives）》到如今的《破產姐妹（2 Broke Girls）》都覺得不夠過癮，從看《情婦（Mistresses）》到《國務卿女士（Madam Secretary）》還是覺得不夠複雜跟驚心，然後看懸疑片的時候一般普通的殺人血腥鏡頭已經不能滿足我了，我非得看那些比如在屍體上種蘑菇，或者用一輩子的時間去對人慢慢下毒做實驗的劇情，才能得到一點滿足。

當你看到這段文字的時候，不要被我嚇著了，我覺得這只是個人的喜好問題。因為這樣，我覺得跟周圍的人聊天的話題越來越少，他們在大呼《來自星星的你》裡的都教授迷死人的時候，我居然一點感覺都沒有，公司裡的女孩們趁著剪輯電視劇的空隙也非要偷偷看兩集《繼承者們》的時候，我總是表現出一副很不屑的樣子。

有天看到一條微博，大概的意思就是，當你開始關心國家大事，喜歡瀏覽財經新聞，然後每天研究佛學類的東西多於勵志文章的時候，說明一件事，那就是你開始成熟了，也就是說，你老了。

我細細看了一下我手機裡的App，果然是清一色的新聞資訊，然後我去看看自己關注的公眾號，那些「這種吃法讓你健康百倍」或者「夏天出門這麼搭配讓你瞬間變女神」之類的文章已經不再能吸引我了。

那一段時間我很害怕，這種害怕很複雜，一方面是慶幸自己成熟不是件壞事，可另一方面覺得自己離這個時代越來越遠了。

為什麼這麼說呢？

這些年，媒體報導的內容無一不是九〇後稱霸，所有的新聞只要打上九〇後的字眼，無論是賣保險套賣米粉賣水果賣衛生棉，點擊率都會高得驚人，而在我接觸的網路圈裡更是誇張，每天的新聞報導都是，誰又拿到了幾百萬美金的融資了，誰的產品下載量已經破百萬千萬了。

而且這些孩子們很有情懷，很會講故事，每一個品牌都包裝得很高大上，就連三月份的離職和徵才高峰季，人力銀行網站打出的口號都是「九〇後老闆直接面試」以及「此職缺沒有任何要求，只要你是九〇後，一切都好說」。

我很急，因為我還沒有成為一個管理者，感覺明天一早起床我的主管就會變成空降而來的九〇後了。

我很害怕，害怕自己落後於這個時代，於是每一天我都要刷一遍朋友圈的資訊，把關注的公眾號瀏覽一遍。

我害怕自己跟不上別人的步伐，更害怕自己沒有可以拿得出手的籌碼。

可是我忘了一件事情，能量放在哪裡，是看得見的。

我把精力專注在這些細碎的資訊諮詢上，以至於很長一段時間我都沒有靜下心來讀一本完整的書，這種對比不是跟別人比較，而是跟以前的自己比較，從這個角度上來說，我的狀態是很糟糕的，我拼了命地吸收各種資訊，但是消化不了，就在這浪費的時間中，我的書架都蒙上了一層灰。

直到我想起前面蔡康永說的那番話，我開始有點醒悟過來。

首先是我得承認自己開始成長，但是我不能因為這樣的理由就去故意跟別人劃分界線，於是我開始跟○○後的女孩們聊天，我問她們為什麼喜歡《小時代》，她們告訴我說很羨慕顧里四人的姐妹情深。

我開始跟那些喜歡韓劇的朋友交流，她們告訴我其實就是因為劇情裡的那些浪漫情節很多時候現實中沒有，所以才值得讓自己透過這些場景，哭一場發洩一下，也不是所有人都那麼腦殘地希望自己遇上一個都教授，或許在浪漫之前就被嚇死了。

我開始跟那些喜歡看動漫的辦公室小女孩聊天，她們告訴我其實二次元裡的東西很好玩，而且有些劇場版她們追了很多年，都好幾千集了。

於是我開始恍然大悟，這一切的種種，就跟我們當年喜歡S.H.E.、孫燕姿、周杰倫一樣，就像我自己喜歡的那些追了十季的美劇一樣，就跟我喜歡做手作、下廚而有人喜歡運動爬山或者喝茶畫畫一樣，每個人都有屬於自己的愛好，以及能量的來源，每個人的都不一樣，以前的我太過於強調「人以群分」這件事情，所以總會把自己跟別人區分開來。

今天早上起床看到朋友圈在轉發韓寒代言手機的影片，我也慢慢地看下來，看到那一句「平凡之路上，我們和他的最大轉變，就是承認了平凡」，瞬間很想哭，一是自己本來就是個文案迷，對這些觸動人心的字句，我總是沒有辦法控制自己的淚點；二是回想這十幾年來，從一開始以為這個世界上只有自己，到明白自己的天賦其實只夠做個不錯的普通人，不禁感慨萬千。

我之前一直很迷茫，害怕自己這一生碌碌無為，害怕自己不能以自己喜歡的方式過一生，可是如今一想，那碌碌有為的日子又該是什麼樣的？自己喜歡的生活方式又到底是什麼？

這些問題，我至今沒有答案。

有天看到一個朋友的狀態，說他最大的人生願望就是「有人問你粥可溫，有人與你共黃昏」。我突然發現我現在就已經是這個狀態了呀，只是我一直沒有意識到而已。

我不是個會享受當下的人，怎麼形容呢？比如有客人剛來我家作客吃飯，我已經操心到最後一道甜點該準備什麼的問題了，比如說剛跟朋友出去玩，我已經考慮到回來上班的時候自己能不能調節適應過來的問題了。

於是在很長的一段時間裡，我總是不快樂，我把這個歸咎於青春的迷茫，總覺得過了青春期人老了，這一切就會過去的，可是後來我發現，這不是青春的迷茫問題，這是我的思考習慣問題。

曾經我也因為「我們這麼努力，不過是為了成為一個普通人」這句話而感到可悲跟無限感傷，可是我從來沒有意識到，普通人和普通人之間，差別也是非常大的。

在我工作中認識的人裡，有對下廚做飯十分在行的產品經理，有對金庸研究非常透徹的程式工程師，有對畫畫特別擅長的剪輯小妹。記得剛工作那一年，公司舉辦了一個新入職員工才藝比拼大賽，當所有的人都想著要跟大學一樣表演唱歌跳舞才華的時候，有個女孩寫了好大好長一幅書法作品帶過來，在這個很多人已經連字都寫不清楚的年代，那一份蒼勁有力的書法著實讓我們每個人讚嘆，主管更是誇讚有加。

我跑過去問這個女孩，說你毛筆字寫得這麼好，以前在學校一定是個風雲人物吧？結果她回答說，這是她第一次把自己的書法作品公開，以前都是自己悶在宿舍或者家裡練習的。

我繼續問，說妳這麼好的才華不表現出來很可惜呢，結果她回答說，這只是我自己的興趣罷了，而且也正是因為真心喜歡，我不需要透過別人的肯定與讚美才能讓自己獲得成就感。

跟這樣的人相處越多，我會發現自己是個一無所長的人，但也正是因為這樣，我從他們身上吸取種種我喜歡的好習慣、好心態，來改善自己的慣性思考。

工作這些年下來，很多同事說我已經沒有以前那麼重的戾氣了，我以前不喜歡接受別人的幫助，隨時隨地把自己包裝成一個女漢子，以至於我第一次離職的時候我的主管直接批評我太特立獨行了。

後來，我開始慢慢學會在職場中示弱，在適當的時候表現出自己的女性特色，讓團隊變得更融洽，這一切也讓我的心態慢慢緩和下來，對於前任主管當初給我的批評，我從萬分委屈變成了感激不盡。

可是，這一切都需要時間，只有時間不會說謊，也只有時間能證明一切，關鍵是這條路上，有多少人是在這個結果到來之前，就已經將就了生活的一切了。我開始明白一點，世界如此複雜，年輕時你要盡可能多地接觸各種偏見，才有可能避免自己陷入狹隘，因為狹隘，就是讓自己和別人都不痛快的根源。

如今我的狀態，用我的小助理Landy的話來說，我比以前任何時候說話都還溫柔，水一樣的性格已經開始呈現。但是內心越來越強大與理性，用她的話來說，面對我時永遠都感覺有一種不怒自威的敬畏感。

想起以前團隊開會，每次發言的時候我都很緊張，因為每次我表達出自己的觀點的時候，主管的一顰一笑，半分點頭或者皺眉，我都會心跳不止手心出汗。而到如今呢，我每次一二三四說完我的觀點，就不管別人的反應了。創意這種東西，永遠沒有辦法用市場用資料去評判，見仁見智的邏輯，居然成為了我敢於表達自己觀點的最大支柱，就像我們產品經理常說的那一句：「如果你覺得我說的是錯的，那你最好證明你是對的。否則，你囂張什麼？」

以前的我，總覺得自己是個小兵，在職場如履薄冰，於是做什麼事情都小心翼翼害怕出錯，如今這些年的思考下來，我終於有了一點點的進步，然而，我也不過是離成為「有說話權」的人更近了一步而已。

一切來得太慢，可是一切也都來得及不是嗎？

微博上有一個不加V的帳號（註），叫老樹畫畫，每天上傳一幅原創畫，配上一首打油詩。老樹畫畫的老樹原名趙樹勇，他自嘲正經身份是個教書的，貌似是個大學老師。有一天他的打油詩是：「事情總有不少，忙過今天就好；明天再說明天，洗洗咱就睡了。」

嗯，明天再說明天，我得學會讓自己一邊努力，一邊享受當下。就像我這一次旅行出發前，想起需要準備、收拾行李就很頭疼，但是離家前的那一夜我突然想到一句話：無論你在什麼地方，跟誰在一起，珍惜眼前每一刻，因為這一切

註　微博加V帳號：類似於Facebook的藍勾勾認證。

以後都不會再重現。

與其懷念昨日重現，不如今朝有酒今朝醉，只要前提是，你明天起來，記得趕路就好。

老樹畫畫還說了一句話：「一個人成熟的表現，就是承認自己是個普通人。」這就是我的人生願望，我們也許不能成為非凡的人，但我們可以成為厲害的普通人，這就是我要努力的價值。

一寸光陰一寸金，人生是一場與任何人無關的獨自修行，這是一條悲歡交集的道路，路的盡頭一定有禮物，就看你能不能堅持到最後。

沒有比腳更長的路，沒有比人更高的山。

只要熱愛生命，一切都在意料中。

剛才搜尋了一下，突然發現這居然也是汪老師的詩句，吸引力法則真是太神奇，此時此刻覺得這兩句都道出了我想表達的意思。

你天天那麼閒，還活得這麼累

忙碌是一件正常的事情，
很多時候覺得累那是因為我們在走上坡路，
在我們資歷很淺的職場時光裡，
我們沒有辦法去改善什麼，
但是一旦意識到這個過程是在為自己工作，
那會瞬間變成一件有意義的事情。

我的前任助理Landy最近跳槽到了一家好玩的網路公司，清一色的九〇後同事，激情歡樂、努力工作的環境讓她很滿意，覺得自己來對地方了。

可是最近一陣子她開始跟我抱怨，說大家都很拼很努力，每天晚上工作到十二點以後的同事大有人在，而且變成了一種常態。她自己心裡知道這是網路公司的常態，也知道跟她一樣年紀甚至比她小很多的同事們都很有幹勁充滿夢想，她也知道新創公司如果有這樣的態勢是一件好事，至少大家認為這一家公司是有前景的。

這一切的道理，Landy都明白，但是她還是會跑來告訴我，當她連續一個星期每天十二點回家，洗漱完畢已經是凌晨兩點，睡覺前的她問自己一句話：這樣做值不值得？這麼拼下去自己還能堅持多久？

此時此刻的我沒有辦法給她一個馬上見效的建議，因為一是我們自己明白這是職場的常態，二是大家都在努力，自己也不好意思落後於別人，那麼就直接到第三點了，就是如何適應這個狀態，或者說如何在心態上適應這個狀態。

我們看過很多勵志的文章，老闆也總會對我們洗腦，說你不是為我工作，你要為你自己工作。但是處於職場當中，很多時候忙起來了，疲憊之後還有多少人有心情為自己打氣，告訴自己如今我做的這一切都是為了我自己而不是為了老闆的呢？

想起我剛入職場的時候，一開始很有激情，為自己做了許多規劃，期待著能有很好的成績。但是過了一段時間後，一是適應了工作環境中的人和事，二是知道很多事情自己是無能為力的，所以後來有段時間慢慢走下坡路了。

比如我會在上班打卡後溜到公司樓下買個早餐，然後慢悠悠地晃回去；比如我會在上班的時間逛網拍，替自己買各種東西；我甚至還會在自己剪輯電影的時候打開公司剛買的院線大片一本正經地看起來，因為我知道誰也不知道我是在工作還是純粹在玩樂……。

中午的時候同事們都習慣趴在桌上午睡，時間久了後有同事要我幫忙，我總是以「現在不是上班時間」為由一口拒絕；因為是大公司業務流程比較完善，於是很少有人加班，以至於我每天想慢一點離開公司的時候都有同事叮囑我說，親愛的，就這麼點錢，你也別太拼了啊……。

總之進入職場的第二年裡，我的狀態就一直是這個樣子的，迷茫至極，可是不知道如何改變這個狀況，我想換一份工作但是覺得累積還不夠也不一定能遇到更好的機會，每天上下班的日子雖不至於行屍走肉但也是不鹹不淡的，看很多勵志書說八小時以外很重要，可是我連八小時以內都沒有做好，這麼想來，我都不知道接下來自己的職場路該如何走了。

我試著為自己做一些分析，看看能不能改變當下的狀態，但是我發現根本沒有用，後來當我跳槽到網路公司看到很多新員工工作得熱熱烈烈，我很羨慕他們，因為他們一開始就比當年的我有更多的機會忙碌起來，不至於心裡那麼慌張。

也就是說，我的職場一開始看起來很順其實是不順的，這種不順來自我自己的不滿足以及對未來的不確定。但是因為我身邊的人都不能指點我一二，於是那一年的時光裡我就像一個困在井裡的孩子，抬頭看天空很寬很亮，可就是沒有辦法靠近它半分。

然後我想起這種狀態其實跟此時的Landy有幾分相似，她是忙過頭了，我當年是閒過頭了，從某種意義上來說都是一種無頭蒼蠅的狀態，於是當我告訴她說你得想著是為自己工作的時候，她也一樣回答說，我知道這個道理，可是做起來的時候就是很難說服自己。

我的狀況是到了工作第三年才開始有轉機的，轉機在於我的主管安排了一個助理給我，我為了安排一些看起來比較有意義的工作給她，就自己列了一些我日常工作中的部分內容。在整理過程中，我突然發現自己這兩年下來還是有進步的，只是我沒有看見，我一味地焦慮在「我為什麼會這麼無聊」這件事情上，其實最關鍵的是我沒有想過自己收穫了些什麼。因為有了助理，我需要考核她的工作進度，這個時候我會關注她每天的工作狀態，除了態度之外工作節奏的效率有沒有問題。有一天這個助理跟之前的我一樣忙裡偷閒看影片，我過去的時候她也沒有刻意躲避，照樣開著大大的視窗，我於是問她會不會看久了也覺得無聊，結果這個助理女生告訴我說，工作本來就是無聊的，而且我看這幾集影片公司照樣發薪資給我，我沒損失什麼。

那天夜裡我回去想了很久，她說的那一句「我沒損失什麼」一直在我腦海裡盤旋，那一刻我腦海裡的畫面就是，幾年後這個助理也會成為老員工，她也會有自己的下屬，然後她的下屬也跟她一樣，每天抓緊時間在上班的時候開網拍看新聞，然後周而復始地傳承下去……這樣的結果就是，我會慢慢變成一個碌碌無為的老員工，一個毫無收穫的老女人，就像此刻坐在我隔壁座位上的那個熟女姐姐，她就是決定了要在這裡繼續待上十年，然後坐等退休。

這一刻我很恐慌，因為我覺得這個姐姐的狀態就是我的將來，如果我按照如今的職場心態繼續下去的話，我也會變成她那樣，但是問題是這個姐姐是樂於享受這件事情的，所以她雖然平淡卻也開心。我卻不想要這樣的生活，雖然我當時還不知道自己想要的生活什麼樣，但是我心裡一萬個肯定的是，這絕對不是我想要的生活。

我慌了好長一陣子。

於是職場工作的第三年，我花了很長一段時間去改善這件事情。我每個月需要做電影跟電視劇的包裝企劃，我把所有相關的工作都攬過來了，從前期市場調查研究的挑選影片到包裝主題的團隊討論，然後自己寫影評跟心得，配合設計同事做海報宣傳，然後我把每個月做的專題企劃一個個整理出來。沒有人要求我做這些事情，但是我覺得就當替自己備份也好。

過了一段時間，我跟主管提出來我不想關起門來純粹獨自作業，我想跟合作的客戶打交道，於是主管安排了兩個地區的客戶跟我接洽。說起來真是不討好的工作，我做的事情相當於業務助理，每天幫業務部門的同事催合約催款項，還得回答客戶的各種合理或者坑爹的要求，那段時間我的火氣很大，第一次體會到電話溝通不良是一件多受委屈的事情，我一次次地成為炮灰，一次次地被客戶當成出氣筒，即使這個事情跟我沒有任何關係，但是我坐在這個位置上就相當於公司的代表，於是全部的瑣碎事情就推到我身上了。

就是這麼磨人的工作狀態，我從一開始的委屈，到生氣，然後跟主管抱怨說我不幹這個角色了，然後再到學會哄客戶，再慢慢學會如何有效地溝通，如何高效率地得到結果。到了最後我的狀態就是，即使上一秒客戶在電話那一頭把我罵死，我在下一秒也能淡定地跑去跟其他部門同事溝通說出了什麼問題，我的建議是一二三四，你看可不可以……。

我漸漸開始享受這種自救的狀態帶給我的成就感。

再過了一段時間，有合作的客戶提出希望我提供一些文章給他們本地的電視報刊雜誌，就是類似電影推薦一類的，我跟主管說這件事情我可以做，於是我就開始了自己這一年的寫稿過程。

也是這一年裡，我開始關注網路的一切業內新聞，從基本的八卦新聞看起，然後到幾個權威網站的報導，雖然我至今也瞭解不深，但至少現在網路圈裡有些什麼熱門的趨勢，或者最近又出了些有個性的公司，我還是說得上一些的，也就是說，我開始慢慢培養自己在這個圈子裡的敏感度。

一年時間過後，我在這一家公司正好任職三年，我覺得是時候換一個平臺了。於是我就開始投履歷找新的工作。

話說這也算是半個轉行了，每次投履歷的職位都要求有相關的網路工作經驗，身為一個在傳統電視媒體工作了三年的人，對我而言這個要求是達不到的，所以每一次面試的時候，我都會表達出對網路感興趣並且我擅長企劃這件事情，而這一切都是我職場第三年才開始有意識地去做的。

最後我很順利地找到了工作，進入一家網路公司做企劃，因為是創業型公司，很多東西都是自己邊摸索邊做出來，這跟我之前接收到的那一套完善的流程機制完全是天差地別，因為沒有人安排我固定的工作，所有的一切都是未成形的，於是我又開始陷入了困局。

但是這一次我記取了之前的教訓，我覺得自己不能乾等著了，於是我自己去摸索產品的包裝思路，看很多別人做的案例。開始接專案去做的時候才知道每一步有多難，我還去研究自媒體經營的方式（註1），我去知乎看很多專業的問答，我還每天寫上那麼一兩條工作日記，無非是很簡單的靈感提醒，或許哪一天可以用在別的場合裡。

這一年的網路環境工作讓我一是覺得自己來晚了，比不上九〇後小孩的激情了，但是另一點我覺得自己幸虧轉換跑道了，我不是強調網路平臺比別的工作好，只是就我個人而言，我很喜歡這個狀態也很適合我，於我而言是件慶幸的事情，僅此而已。

加班對於網路公司來說是常態，所以我慢慢適應，代價就是腸胃越來越差，睡眠越來越不好，精神狀態也越來越不好。我身邊的同事告訴我說這很正常，但是我知道光努力是不夠的，你得讓自己無可取代才行。

說到這個不可替代性，我的助理Landy是我的榜樣，她負責公司產品微信方的營運推廣，於是很多細節的東西，比如怎麼開通帳號、各種設置以及需要注意事項之類的她都很熟，到最後我們做了很多好專案，都需要Landy一一落實執行。

在我眼裡，她比那些描繪未來產品藍圖的同事更加真實更加接地氣（註2），也是因為這樣，在我開始經營自己的公眾號的時候，她給了我很多細節上的建議，她對一個微信公眾號的敏感程度是我所達不到的。

註1 自媒體：指私人化、普遍化、自主化的傳播者，以現代化、網路化的手段，向不特定的大多數或者特定的少數人傳遞訊息的新媒體，也叫「個人媒體」。

註2 接地氣：中國流行語。「接地氣」中的「地」，指的是一般人的生活。接地氣就是貼近一般人真實生活的實際、反映一般人真實生活情感。

於是回到Landy如今的工作問題，我告訴她說你過去一年來幫了我這麼多但是你從來沒有發現自己的進步，如今你到了新公司，還是負責自媒體運營推廣這塊工作，雖然產品不一樣但是思路跟思維都是一樣的，你要做的就是把這個事情做精做細，有一天你能拿著這個案例作為你自己的品牌累積，這就是對自己有用的事情了。

我還告訴Landy說，忙碌是一件正常的事情，很多時候覺得累那是因為我們在走上坡路，在我們資歷很淺的職場時光裡，我們沒有辦法去改善什麼，但是一旦意識到這個過程是在為自己工作，那這會瞬間變成一件有意義的事情。

說完了這些，第二天Landy跟我說，感覺今天的精神狀態瞬間好了很多呢！

如果說以前的我是害怕自己沒有忙碌起來而慌張，如今的我卻是害怕自己過於忙碌而忘了最初的夢想。明道副總裁許維說過一個觀點：我們聽到了太多關於努力的建議，努力當然很重要，但是「努力萬能論」卻是一個謊言。他還說，腦力勞動者的價值和勞動時間無關，只和不可替代性有關。

我覺得對於大部分普通人而言，每個人一生中都不能離開工作，工作不僅僅為你提供最基本的物質生存條件，同時還為你提供了一個展示自己的平臺。如今的我雖然不至於說一定要感恩自己的公司，但是回過頭來我覺得自己所在的每一個平臺都是有收穫的，這種收穫來自於每一份工作給予我的很多機會，更多的是我自己試著去抓住這些機會，這就是我眼裡的為自己工作的概念，沒有所謂的為了實現夢想而赴湯蹈火，有的只是我一天天摸索出來的這些小體會而已。

在我的眼裡，像Landy這樣的人，我不知道她未來的人生路會如何，但是至少這一刻我告訴她該用這個心態去適應當前的職場了，未來的她可能也會有自己的助理自己的團隊，未來的她也有可能因為自己的累積再跳去一個更好的平臺，或者哪一天自己出來當老闆做自己擅長的事情。這一切都是有可能發生的，因為她已經走上了為自己累積的這條路了，而且她開始認知到了這點的重要性，要知道我是到了職場第三年才開始反省這件事情，所以我覺得她比我幸運得多。

我們大部分的人生都沒有一副好牌，很多時候還是糟糕透了，我也沒想過一定要有很逆襲光彩的結局，就像我自己價值觀裡所認定的，讓自己盡可能地完善到最佳狀態，哪怕有一天我也一樣退休一樣平淡過晚年，但至少這個過程我覺得是有畫面，也有過往的故事跟我的孩子分享並且有指導作用的，那麼這就是我想要的人生過程了。

好好說話是件多難的事

每個人都會為自己的結論據理力爭。
這本來是一件很好的事情，
但是時間久了我發現，
很多時候大家說的是一件事情，
只是表達方式不一樣而已，
就是因為這個表達方式，
很多時候就會發展成大問題。

01

我是蔡康永《說話之道》一書的深度擁護者，這本很多人看來是無聊的閒言碎語之書對我的影響還是蠻大的，其中我印象最重要的一條就是：不要問開放性問題，要選擇性地問問題。其實這個道理我以前上新聞寫作課的時候老師也講過，但是那個時候純粹是為了上課而上課，根本沒有理解半分。

直到我後來開始工作，才慢慢有所體會，原來除了努力上進、注意細節、整合統籌這些重要的職業習慣之外，用語言準確地表達出自己的想法也是一件很重要的事情。

在我工作的環境中，我最喜歡的環節就是腦力激盪，我不算是個很有想法的人，但是我很喜歡聽其他同事的各種思路跟創意點，而且很多時候我的靈感也是從他們的討論中獲得的。所以我覺得如果能夠遇到一個能時刻保持新鮮感狀態的團隊，那對自己的成長也是一件很幸運的事情。

我不算是個擅長表達的人，很多時候我都扮演著收尾總結或者平緩氣氛的角色。比如說遇上部門討論會，總會有幾方的觀點不一樣，每個人都會為自己的結論據理力爭。這本來是一件很好的事情，但是時間久了我發現，很多時候大家說的是一件事情，只是表達方式不一樣而已，就是因為這個表達方式，很多時候就會發展成大問題。

舉個例子，我在第一份工作當電影企劃的時候，每個月都有例會，一般是業務部門彙報一下這段時間的銷售情況，以及一些客戶的回饋問題，有客戶提出說上個月的新電影數量提供得太少了，能不能多給一些呢？

這個時候企劃部門就會第一時間跳出來說，上個月我們的確是企劃了一定數量的電影給客戶的，但是後臺的剪輯後製流程太慢了，最後出來的成品太少。然後後製部門就會跳出來，說是因為這個月剪輯電影的機器出了點問題，所以很多工作都耽誤了，向行政部門申請購買新的機器一直沒下文，所以也沒有辦法。

然後就繞到了行政部門，這個時候可想而知，也是說出了一套聽上去就是理由的理由。

但是要知道業務部門的壓力是最大的，他們需要跟客戶交代，他們不管你發生了什麼事，總之一定要給客戶一個交代。

這樣的結果就是，大家都開始吵起來，基本的對話就是，那你的意思就是我的錯了？我已經把自己的本分工作做好了，你還想怎樣？或者有人跳出來說，這個問題存在公司很多年了，一直都是這樣的，也不是一時半會兒就能解決的。火藥味越來越重，喧鬧的交錯聲裡配合著各種表情跟肢體語言，最後會議不了了之。等到下一次開會的時候，照樣如此，大家都熟悉了彼此的表達風格，同樣的情況就會再次出現。

有一段時間我懷疑自己是不適應職場的，因為我覺得這樣的工作處理方式我沒有辦法接受，後來我去請教主管，他告訴我：一是你要先把自己的本分工作做好；第二是對於沒有辦法改變的事情學會接受跟適應；第三是在人多的時候如果觀點衝突太多，無法統一，那麼就嘗試小範圍的溝通討論。

於是後來我做了一個規劃，整理了一份各部門相關的節目製作流程說明書，把各個部門的責任羅列清楚，標明每個任務的完成時間，各個部門的負責人簽字確認。

這個時候我去找每個部門的負責人，結果他們都非常友善，然後每一個人給我的回覆都是「其實我在會議上想說的就是這個意思，可是到了最後我也不知道，為什麼就會變成鬧得不可開交的狀態了」。

從這件事情以後，我開始明白一個道理：What I think跟What I say是兩件事情。

身為一個可靠的陪伴者，我陪過不少女性朋友們去相親，最後的結果基本上都是不合適。回家以後我會問她們原因是什麼，她們總是回覆我，聊不來，沒意思。

我問，那你覺得怎樣才是聊得來呢？

她說我也不知道。

我說就是啊，你自己都不知道想要的是什麼，你怎麼會覺得他沒意思呢？

她回答說，他說的東西我不喜歡，所以我覺得不合適。

我問那你有沒有告訴他，你喜歡的是什麼呢？

她這時候沒話說了。

我知道第一次跟陌生人見面，很多人不願意把自己比較真實的那一部分展示出來，但是我覺得既然是以尋找未來的另一半為目的而相遇，願意跟這個人坐下來喝一杯茶，那自己真誠的那一面還是應該表現出來的。

我知道話不投機半句多，我也知道交淺言深是不值得提倡的一件事，但是我更明白的是，聊天並不代表一定要把自己全盤托出，但是至少在你願意接受的這個飯局裡表達出你當下的狀態就好。

後來的時間裡，我繼續陪我的女性友人們去相親，我會適當地引導兩人的共同話題，比如說男生喜歡看電影，我就說我跟女生最近正準備去呢，問問有什麼推薦的；比如說女生的工作是節目製作企劃，這跟男生的設計工作還是有點相關的，就可以聊聊關於創意跟審美這一部分的東西；有時候遇上兩人都喜歡同一本書或者同一個電影導演，那後面的事情就越來越好辦了。

有一天有個朋友告訴我，她已經開始跟之前相親的男生約會了，每個週末都會去深圳周邊玩一下，覺得大家還是挺投緣的。

其實這一對第一次見面的時候，我朋友差點中途就想離開，後來是男生比較有耐心，提出第二次見面，於是我又一次約了飯局，而這一次在我的引導下，朋友也變得大方一些，願意說的話也多了一些。

一切都沒有變，還是這兩個人，但是回想起來，要是第一次這麼馬虎地錯過了，也就沒有後面的故事了。

03

我有個孩提時的同伴，她媽媽是個生意人，經常沒有時間陪她，為了彌補她，會給她很多零用錢。

可是女孩跟父母的關係並不好，每次她媽媽回到家的時候，她都不願意跟她媽媽聊天，飯桌上她媽媽跟她叮嚀各種事情的時候，她總是一句句頂嘴。有時候她媽媽發火就開始生氣碎念著，我辛辛苦苦在外面賺錢，回到家裡你居然這樣對我！

女孩這時候就直接丟下筷子離開飯桌，躲在房間裡生悶氣。

有一天我問她，你為什麼要這麼對待你媽呢？

她說：「我知道我媽工作賺錢辛苦，但是她沒必要老拿這件事情碎念，而且每次她要我好好讀書的理由不是讓我將來有出息，就是威脅我說以後考不上大學她是不會養我的。說一兩次也就算了，這些年來每頓飯都是這麼說的，我受得了嗎？」

這個回答是她在國中的時候告訴我的，當時的我一樣是個小孩，我肯定說不出那種「你們兩個人要好好溝通一下」的話，我只是回想起那天下午她跟我說這段話時表現出來的那種無奈與不悅，這些年過去了，我一直都記得那個畫面。

很多年後當我想起這件事情的時候，女孩已經結婚了，她說到了男朋友家裡，看見男朋友跟自己的爸媽聊各種明星八卦跟網路熱門話題，吃飯的時候玩笑開個不停。這是她二十多年來從來沒有過的家庭溫暖，也是這一刻她才知道，原來每個人的父母真的是不一樣的。

這樣的結果是，女孩跟自己的老公經常回去看望公公婆婆，而對於跟自己住在同一個城市的父母，卻很少回去探望，有時候過年勉強回去探親但是不出三天就必須走了，「太沒意思了！」這是她的原話。

很多時候，你過好自己的日子了，才能得到別人的尊重與關愛。當我明白這個道理的時候，我沒有辦法跟女孩說那是因為你後來的日子沒有想過重新融化一下你們的母女關係。我更沒有辦法跟女孩的媽媽說你的管教方式不對，你要尊重你的孩子，要進行平等對話才是最好的狀態。

幸福的日子大多都是相同的，而不幸的生活理由總是千萬種。我不能因為自己琢磨出了這點小體會就拿出來建議別人也要這麼做，畢竟人這一輩子，能夠說服自己和改進自己，已經是最大的難題了。

我現在能夠做的，就是用我的溝通方式去吸引對的人，用我的表達方式讓我和父母之間多一些互相體諒跟輕聲細語的說話。遇上難題的時候跟好朋友們一一解釋，並表達出我所需要的結果跟說明，至於那種所謂的「懂的人，自然懂」的境界，大多是可遇不可求的，你不能要求所有人都像另一個自己那樣懂自己，這是不可能的。

「一場氣氛理想的聊天，其實追求的是同樣的事。大家都有機會講講自己的事，也聽聽別人的事。更理想的話，快歌跟慢歌適當交錯，有好笑的話題，也有透露心事的話題。總之，你不要總滔滔不絕單講自己，表現自己。因為，對方聽久了，會有被冷落的感覺。聚會，就是匯總彼此的近況。」

這就是蔡康永的建議。

我們這些普通人，需要經營無數的人際關係，需要跟別人介紹自己，需要跟別人介紹我們的朋友、親人、孩子，也需要透過傾聽來回饋自己的感知度，從這一點上說，好好說話真的是一件很重要的事情。

這個好好說話，不僅是態度上的好，更是表達方式上的好，就像蔡康永說的，人跟人溝通通常有障礙，有時候對方就是跟你不同世界，怎樣說都說不通，那也只能盡力而為。人生本來就是這個樣子，嘗試得越多，才越可能完成。

旅行教會我的事情，
是即使過後你依舊要回歸現實生活，
但是你已經不是原來的那個你了，
這才是走在路上的意義吧。

時間是最好的答案，
只有經歷過的人才有資格說這一句，
最好的失戀方式，就是真正釋懷，
而最重要的是，
這條路上，只有你自己一個乘客。

第二章

焦慮的世界，不慌張的活法

我們大多數普通人，
要在生活裡找到自己喜歡的那種狀態，
「忠於自己的內心」
是一件多麼簡單而又奢侈的事情。

感覺自己做什麼都不行，怎麼辦？

我開始覺得不對勁了，
我又開始問自己那些糾結的終極問題了：
我到底適合什麼呢？
我不會就這樣過一輩子吧？
萬一找不到自己喜歡的生活方式怎麼辦？
我開始慌張。

有人問我：「感覺自己做什麼都不行，哪方面能力都不強，怎麼辦呢？怎麼找到自己擅長的地方，走向成功呢？」對於這個問題，我想說一下自己的故事。

我是個文科生，沒有那些厲害的技術技能，大學學了個新聞學專業，從大學到剛參加工作，一度覺得這個專業沒什麼用，甚至延伸到了上大學無用論的那個層次。上大學的時候，我一度很自卑，身邊的同學要嘛是學霸要嘛是活動達人

（註1），我就介於這兩者之間，尷尬地過了四年，有多少人跟我是一樣的呢？

「感覺自己幹什麼都不行，哪方面能力都不強，怎麼才能成功呢？怎麼找到自己擅長的地方呢？」這些問題在我身上都出來了。當然，我沒有因為迷茫就去否定大學需要努力學習努力參加實踐，我只是討厭自己那麼早就參透了這些，甚至我一度因為覺得自己純粹是為了偷懶而什麼都不想做而感到自責，甚至極度痛苦。

直到今天，我開始釋懷，如果找不到讓你舒服的狀態，或者找不到能引爆你動力的事情，那你做的那些事情沒有任何意義。當然，有人說努力學習能考上研究所有好工作賺大錢，這就是動力，上班了多多努力能多發點薪資就是動力。如果你把物質的回報當做自己的動力，那麼我不予置評。

我所強調的，是能夠找到自己喜歡的狀態，說穿了就是找到一種使命感。

回歸到現實，我們大多數都是普通人，我們需要做的是在自己的生活裡找到自己喜歡的狀態。

註1　學霸：描述校園中刻苦學習、學識豐富，並在某一領域確實得到優秀成績的人。

我在大學裡做了兩件事：一是看書，二是寫日記。每個夜晚熄燈後開著手電筒一點點記錄自己心裡的煩惱，因為當時的自己完全沒有那份耐力去化解心裡的憂傷。

甚至有段時間一度覺得自己得了憂鬱症，很厭世，什麼都不想做，但是我還是會泡圖書館，堅持寫日記，或者說不需要堅持，我是必須每夜寫上幾張紙，才能睡去。

畢業後工作了，找到了一份跟專業有點沾上邊的傳媒公司的工作，進去後發現做的事情跟大學裡學的東西半點關係都沒有，其實我也是後來知道原來大家都是一樣的，只是我當時不知道罷了。

就這樣恍惚地過了兩年，工作不鹹不淡，沒啥感覺，也沒激情。

我開始覺得不對勁了，我又開始問自己那些糾結的終極問題了：我到底適合什麼呢？我不會就這樣過一輩子吧，萬一找不到自己喜歡的生活方式怎麼辦？

我開始慌張。

我只能自救了。

於是我細細地羅列一下那些生活中很不起眼的我。在工作上，我主要所做的事情就是寫寫文案整理一下表格，但是我寫的專題推薦和軟性文章都不錯，這得益於我平時愛看有意思的廣告文案和熱門時事。於是我現在換了一份工作專做企劃。

我覺得脫口而出的那些創意點跟文案，在別人看來都是難想的東西，我跟他們說多看路邊看板多看新聞多聽聽別人講故事，他們就會覺得做得下來。我突然覺得，各有所長看來真的就是這樣的，我這平時愛觀察愛學以致用的性格還是蠻有用的。

在同事關係上，我是個愛恨分明的人，遇上很奇葩的同事會躲得遠遠的，遇上不錯的同事就會多多分享，一起吃喝玩樂，跟大家都搞好關係那一套說法不適合我。

我一開始也很糾結，但是後來我發現，專心做自己的時候，反而是最輕鬆的。

後來，部門舉辦聚餐活動，活動交給我安排，我也樂意接受，因為我擅長出點子並去執行，我喜歡負責這種吃喝拉撒的小事情並且井井有條地處理好。

這樣的結果是大家都很感激我，至於那些占了你便宜最後一點回饋都沒有，甚至還各種抱怨的同事，那就當作一次教訓，下次你再來參與我就拒絕籌備活動，他也就自知之明地離開了。

在生活上，我是個吃貨，更是個喜歡下廚的人，各種菜式包括拼盤還有烘焙甜點都會嘗試。以前我不覺得這有什麼，直到現在我才漸漸發現會有人因為這個稱讚我很厲害。

很厲害？以前我只會笑笑，我覺得這只是一種生活方式，直到現在我發現，正是這種叫「一種生活狀態」的東西，完全就是讓一個人獲得內心平靜的神丹妙藥啊！

好比說有人喜歡登山、潛水、跑步，有人喜歡一個人獨處思考，還有人喜歡呼朋喚友聚會，厲害的那些人做研究實驗，工程師們寫程式，還有一大堆九〇後小孩創業賣果汁賣手抓餅，以前看記者採訪他們問你為什麼要選擇這個，他們回答是為了開心，我總是不能理解，現在我明白了，「忠於自己的內心」是一件多麼簡單而又奢侈的事情。

多少人把自己囚禁在一個程式化的世界裡，人來人往上班下班公車地鐵，看到別人高喊這世界有很多種生活方式，然後想想就算了？我也是一個普通的上班族，我也沒有那麼多的資本高喊旅行冒險，去見識外面的世界，我做了什麼呢？

因為第一份工作是在國營企業上班，安逸舒服的生活不能讓我內心平和，所以我跳槽到了一家網路公司，每天寫企劃推方案，這份工作讓我每天刷微博逛知乎刷新聞網站，甚至開淘寶京東天貓都成為了一種找創意點的方式（註2）。我一邊工作，一邊吸收在網上獲得的知識，每天一點點，我有的是耐心。

我自己經營了一個微信公眾號，叫「她在江湖漂」。一開始目的很簡單，因為我找不到喜歡的優質微信閱讀號，那些純粹為了吸引粉絲目光而下的聳動標題一度綁架了我睡前的時間，最後一無所獲讓我氣得胃疼，所以我就自己弄了這個微信公眾號，專注於跟我一樣迷茫而又想尋找出路的女生們。

一開始我主要是挑自己喜歡的文章推薦，心情好了還寫點自己的感想，一大堆赤裸裸的麻辣反勵志文章看得我舒服也高興，直到後來決定自己寫東西，結果發現有好多女孩留言給我，分享自己的苦惱。我開始覺得，幹嘛要去改變這個

註2 淘寶、京東、天貓：皆為中國有名的網路購物網站。

世界啊，你看我能夠讓這些女生每天留言「找到了同道中人」。這種愛分享的性格與因此得到的能量，也成了我快樂的一種泉源。

我一向愛給自己找麻煩，各種親手嘗試的蛋糕甜點會帶到辦公室跟大家分享，同學同事三天兩頭來家裡吃飯。我認識公司裡一個年長的姐姐，跟她出去吃飯會探討這道菜的做法還有餐具的擺設、餐廳的裝修風格，翻桌率、人力培訓成本控制都慢慢地聊開了。我就是這麼無聊而認真，吃個飯，也會用自己的想法去思考能不能讓生活變得更美好。

直到今天，那個大姐每天都嘮叨著，你要哪天開餐廳了，我一定會投資，不光是你喜歡、擅長這件事，我覺得你這個人就是有生活味道。

餐廳開不開得成是另外一回事，我這個人居然漸漸變成了別人覺得有意思的人。其實這一切的前提，是我自己過成這樣的，而不是為了別人的期待或者願望才要去做什麼的。

囉唆了這麼多，至今想來，自己所做的這些貌似跟大學沒啥關係，其實關係很大。

我現在遇上難題，就會翻大學的日記和讀書筆記，覺得那時的自己真是幼稚荒唐，想那麼無聊的問題。但是想想要是沒有那時的糾結，今天的我也不會懂得利用身上這些特質去讓自己的生活變得更好一些，比如寫作、分享、成為閨蜜各種情感問題的垃圾桶，遇上餐廳的美食就回家動手實驗一番，成為同事跟朋友的穿搭顧問，跟年長的人聊人生哲學，跟外向的人聊美食、電影、跑步、健身，跟內向的人聊能量法則、聊一個人獨處的舒服感。

也正是因為一個人把很多問題都糾結過了，所以當我遇到「感覺自己做什麼都不行，各方面能力都不強，怎麼辦呢？怎麼才能成功呢？怎麼找到自己擅長的地方呢？」這種狀態時，我已經學會整理自己的情緒，然後一點點自我分析，進行自救，也可以一點點敲下這些文字。

或許答不對題，我不能技巧性地告訴你要多讀書、多參加聚會、多找厲害的人學習、多投資自己，因為一旦從這個角度回答，你就會有下一層問題，讀什麼書好？怎樣才能找到聚會圈子？如何認識厲害的人？怎樣投資自己比較好？甚至還會問，同樣的價錢，同樣的條件，去學管理技能課程好還是報一個簡報培訓課程好？

我們這一生伴隨著問題而來，我開始明白這一點，同時明白自己的境界太低，但是這不妨礙我在這條尋找自己喜歡的生活方式的路上繼續前進，我需要麵包，但更需要找到人生意義之所在。

很多人問我最喜歡的電影是什麼，我從來都不會說是《三個傻瓜》（3 idiots），這不是大片，卻是最打動我的一部電影。

多年前在大學宿舍看這部印度歌舞片的時候笑得前仰後翻，跟室友各種吐槽，而現在，上個月再拿出來看，大半夜哭到不行，蘭徹的那一句「追求卓越，成功自然而來」讓我一夜無眠，多少人是把這句話反過來看，還要抱怨找不到人生的意義，殊不知，我們要的卓越，其實是自己喜歡、擅長並且還能堅持的東西。

或許你已經知道了自己喜歡什麼，擅長什麼，但是你不願意把它釋放出來，因為，不是所有人，都有勇氣離開舒適圈做出改變的，也不是所有人都能發現到即使現在還沒具體呈現的轉捩點，但是已經開始慢慢去挖掘並默默累積的。

馬雲離開舒適圈之前，默默做了六年英語老師，可是這個默默的過程，真的只是純粹的上課下課而已嗎？

時間看得見，願你我共勉之。

當你做一個兩難決定的時候

很多時候決定兩難，是因為你沒有跳出那個思維，只要你爬得高一點，就會發現第三條路。

知乎上有個女孩寫了一封信，詳情如下：

我是一個女生，畢業一年了，獨自在另外一個城市漂泊。當初選擇這裡是因為所學專業在這邊機會多，各方面都很完善成熟。可是，我在這一年中深深感受到想要留下來的艱難，一年的時間也並不足以讓我在工作中有很大的發展，當然這是我自己能力所限，並未對此不滿，工作需要一步步來發展。

隨著年齡的增長，面臨家人和周圍朋友對婚姻的關心。大家都在催我結婚，但是目前還沒有遇到我的他。家人勸我回家，這邊生存不容易，但是回家以後找工作很難，而且肯定會不停地相親，很快結婚。這不是我想要的，我還是希望最好能遇到愛情，為此我做的努力是，不再宅在家，週末去做一些自己感興趣的事情，參加活動，讓自己變得有趣，瞭解一些體育知識，看看政治和財經訪談，不過這些可能要慢慢培養吧，緣分這種東西很難捉摸，我也不知道如何能快點遇到。

不知道有沒有女性朋友有同感，一旦靠近二十五歲，人生好像突然就該認命。關於女性的發展，我和朋友們討論的結果是，雖然有很多大齡單身的女性活得很精彩，但是更多的普通人背負著社會壓力以及面對孤獨的不確定的人生。我比較排斥「在什麼年紀做什麼」這樣的事情，以及雙方都標明價格等價交換的相親，為了結婚而結婚，難免在沒有感情的時候就分析對方各種條件然後努力讓自己適應，這樣建立起來的感情是否能經歷歲月的考驗？但是我也害怕未來的人生會孤獨終老，在我獨自漂泊的時間裡，很多艱難的事情是我自己面對的，確實有很難過的時候，那個時候會想如果兩個人會不會更好，我知道自己的婚姻觀很幼稚，一點都不符合年齡，朋友們分成兩派，一派覺得結婚才是大事，年紀大了會越來越難，另一派覺得我應該做自己。

有的人很早就知道自己想要什麼，我有個同事，大學就計畫好了將來的工作，大三確定好公司，畢業就解決完人生大事。我一直都是走一步看一步，而且走的腳步，好像A方案也可以，B方案也可以，看似隨遇而安，見機行事，其實是沒有明確的目的性，這樣讓我的性格裡也充滿了不安全感。

非常想做一個什麼都清楚的人，但是似乎現在都不知道自己到底在做什麼，也不確定以後回顧人生是否會後悔，我在提問之前也搜尋過答案，問朋友關於人生目標的問題，很多人說，不要急，慢慢嘗試，但是現在我必須下決定。

我們壽命越來越長，但是人越來越急，從嬰兒奶粉廣告就是「不要輸在起跑線」，到速食文化肥皂劇，短暫的愛情婚姻等，靜下心來慢慢做一件事情，我沒有這樣的心態。

設想一下晚年不知道這一輩子做了什麼，是不是很可怕？所以勵志文章看完之後，我反而越來越煩躁，對於混沌狀態的自己，已經馬上要變成「掉價」的人來說，如何慢慢來？

我是這樣的普通人，心態浮躁，瞻前顧後，卻也希望在晚年回顧一生的時候，能覺得不虛此生。

我希望能正視自己的人生，也知道應該活在當下，但是，我發覺自己並沒有一個渴求的目標和明確的方向，人生好像一座迷宮，行動的確重要但也不能漫無目的地跑啊！所以我才這麼不堅定。

最後提問：

1、你怎麼知道自己當下需要做什麼呢？為實現它如何制訂可行的計畫？

2、你要做一個兩難的決定的時候，你知道怎麼選都會後悔，那你如何取捨？

※

我慢慢地，按照來信描述的問題，一點點地說。

第一是你當初選擇大城市是因為所學專業在這邊機會多，各方面都很完善成熟，在這一年中深深感受到想要留下來的艱難，一年的時間也並不足以讓你在工作中有很大的發展。

我看過很多關於為什麼要留在一線城市打拚的文章以及故事，機會多、選擇多的確是很重要的原因，大城市的各方面成熟意味著能夠賦予我們更多的可能性，當然後面奮鬥成什麼樣就看個人了。

所以我想說的是，你既然已經明白了自己來到大城市是因為這些原因，那就意味著你一開始就已經在心裡說服了你自己，從這點上來說，你比很多人要幸運，因為很多人還處在選擇大城市還是回老家的糾結中，而你是因為現實的壓力必須努力先找到工作然後才有去處，可是我要說，你已經很棒了。

至於你說工作才一年時間，天啊！才一年的時間，你就已經深深感受到了要留下來的艱難，難道你不明白那個千古不變的道理——萬事起頭難？一年的時間裡，一個人在陌生的城市裡，租房、生活、工作，不免忐忑不安，更何況對於一個女孩而言，有說不出的孤獨感。

這種孤獨感跟我們以前青春發育期的懵懂不安、以及不怎麼被大人理解不一樣，它滲透到了你在租來的房子中一個人吃飯的靜悄悄裡；它滲透到了你等公車的時候伸長脖子，也看不到自己的那一輛公車的到來裡；它滲透到了你在辦公桌上看著眼前一堆資料，卻想著該不該跟周邊的同事們打個招呼，擔心會不會太冒昧的忐忑裡；它滲透到了你想找個人，像大學那樣吃個麻辣燙歡天喜地的時候，發現商場的美食街貴得要死，路邊的小吃攤一個人吃的話，真的好奇怪，突然想打電話給大學室友，但又不知道說啥，想想還是算了的尷尬裡。

對，就是這個感覺，孤獨滲透到了每一次呼吸裡。

我想說的是，這個時候你可以用「阿甘式思考」去想一想，或者每天看看知乎上的各種提問，那些很做作很迷茫很崩潰甚至還有人憂鬱了自殺了破產了的各種故事，你就會發現自己那點事根本不是什麼大事。

我沒有拿別人的痛苦來慰藉你的意思，我想說的是，你會發現，大家都是一樣的，生來就是為了遇見難題、解決難題的，如果什麼都不需要去想的話，那麼就找不到可以實現自我的方式了，就連出家人也是要考慮各種吃喝拉撒不是嗎？

二是隨著年齡的增長，面臨家人和周圍人對婚姻的關心。

其實，家人對你的關心，在你出生那一刻就開始了，從小到大這是他們的義務，他們從操心你的學業轉換到了婚姻上，從大的方向上來說，這就是人類一個周而復始的循環過程，從小的方向說，父母的操心從本質上是為了償還他們自己的父母的付出。

從這個角度來說，是不是他們操心，你就得馬上結個婚給他們看看？至於周圍人的關心，他們茶餘飯後不說這些，真沒什麼話題過日子了，就原諒他們吧。

你所要思考的點就是，想想未來六七十年甚至更久，你選擇的愛人以及生活方式，是他們（父母以及周圍人）所不能參與跟陪伴的，看過太多勵志文章說什麼「生活是你自己的與他人無關」，其實我想說你內心是要樹立這個觀點，無論是婚姻、事業以及任何一個選擇，這個「生活是你自己的」核心價值觀是你的靈魂信仰，要誓死捍衛！

然後在這個基礎上，跟你的家人和周圍人握手言和，比如跟父母溝通才剛適應大城市生活，工作環境不錯，身邊同事挺優秀的，周遭男生條件也不錯，人家也是要慢慢熟悉的，他們就不會那麼操心了。跟周圍親戚說大城市結婚不像小地方那麼早，但是收入很不錯，既禮貌地回覆了他們，也讓自己不尷尬。

沒必要把內心那個原則針鋒相對地拿出來表現，你只需要自己知道就好，他們不需要「真的」明白你，他們也沒有那份理解力。

所以，「表裡不一」其實是對待這件事情最好的方式。

三是不知道有沒有女性朋友有同感，一旦靠近二十五歲，人生好像突然就該認命，也害怕未來的人生會孤獨終老。

對於這個問題，你有沒有想過一個場景，在自己的回憶裡，十歲的時候看十八歲覺得已經很老了，十八歲的時候看畢業的學長學姊們，覺得他們找工作考研究所什麼的壓力好大我不要，直到你畢業了然後慢慢二十五歲了，你就覺得很慌，因為你依舊不知道自己要的是什麼。

你所擔心的，其實大家都有，你不用慌！

至於害怕未來會孤獨終老，那是因為你開始的定位就是把全部的人生希望寄託到了婚姻或者未來的伴侶上，「以為」有了一個家庭以後，所有的一切就會好起來了。

親愛的女孩，如果你是這麼想的話那就醒醒吧，如果你談過一段長時間的戀愛，你就會有點體會，這完全就是一個驚天謊言。

我不會拿「女人要自強」這樣的說辭教育你，我就直接告訴你，按照吸引力法則，你這樣的思考方式必然會吸引到跟你一樣的思考方式的伴侶，他也覺得現在糟糕不要緊，只要找個女人有家庭就好了，然後你們倆在一起了。用腳趾頭想一想，這樣會好起來嗎？

這時候我再勵志一下，你得先把自己過好了，適應孤獨了，適應一個人了，才能承受住兩個人在一起所需要的種種磨合，也能承受住結婚了以後又擔心不合適離婚了怎麼辦，因為這個時候你已經明白一個人也能過得很好，而不是等到婚姻出問題了，才知道這不是你想要的生活，最後形成了一個惡性循環。

四是自己是個普通人，心態浮躁，瞻前顧後，卻也希望在晚年回顧一生的時候，能覺得不虛此生。

這是我一直在思考的問題。有人說這就因為你想得太多，做得太少。我承認這個觀點，但是我已經開始接受自己這一點了，有些人就是天生想太多，好比我跟你，可我們想這麼多，並不意味著我們懶呀，最可怕的是那些也不做也不去想的人，那才是可怕的麻木一族。

「人的一切痛苦，本質上都是對自己無能的憤怒。」王小波的這句話，我既贊同也不贊同。

贊同是因為我們的確是因為自己的無能造成了很多痛苦，但是反過來講，人這一生，無論你是到了什麼樣的階段，富敵巴菲特、靜心到弘一法師那種境界，你都會有做不到的事情，依舊會有痛苦，這麼看來，這句話也是值得推敲的。

我覺得，想太多不是件壞事，你想多了，自然會理順一些事情。你現在可能就處於想太多的第一階段，剛剛上道，好比說江湖中你已經學會了製毒，但是還沒學會研製解藥。不要緊，解藥出來了，你就一飛沖天了。

回到你的問題：

1、你怎麼知道自己當下需要做什麼呢？為實現它如何制訂可行的計畫？

我之所以知道自己當下需要做什麼，是我每個夜晚經歷迷茫痛苦之後，我就掏出日記本，一二三四羅列出這些迷茫，再對應每一個迷茫點去做一個目前可實現的回答。

比如剛工作沒經驗，我就去找第一天進公司主動跟我打招呼那個資深同事，要她的QQ，接下來就慢慢討教；比如我覺得自己不夠有膽量，我就先試著在自己所在的部門找到可以發表觀點的機會小型地演講一下，以後到了大一點的會議就沒那麼擔心了。

我怎麼知道自己當下需要做什麼？女孩，站在鏡子前面看自己十分鐘以上，皮膚不好那就買保養品，身材不好那就健身去，衣服不會搭配那就多看雜誌，笑容不夠甜美那是自信不夠，為什麼自信不夠？因為工作經驗不成熟，那就多請教多溫習專業知識；因為太內向太宅，那就多出去走走；因為內心不夠強大，那就想想為什麼，並且梳理其中的邏輯……你看，這不就出來了嗎？

2、你下一個兩難決定的時候，你知道怎麼選都會後悔，那你如何取捨？

如果怎麼選最後都會後悔，那就先接受這個不可避免的後悔，然後根據你自己心裡的想法，結合優劣勢分析原則，看看哪一個決定比較靠近它，至於哪個比較靠近，我相信，你絕對可以區分出來的。

另外，我想說的是，很多時候決定兩難，是因為你沒有跳出那個思維，只要你爬得高一點，就會發現第三條路。

好比你現在糾結於要不要回老家，既然回去也會後悔，那你就在大城市裡多待幾年，老家親人資源還在，但是大城市的機會一直在變。即使哪天在大城市到一定階段了，還是糾結於要不要回老家，到那時候你的心境跟外在條件大概已經可以讓你輕鬆做出選擇了，你同樣沒有損失。

我的死黨跟我說，在大城市待久了，回老家看誰都不順眼，可是老家的親戚來我這個城市也是各種埋怨。

這是為什麼？兩邊人的生活環境不一樣，就像兩個從來沒有交集的人開始認識、熟悉、喜歡、相愛，也是需要磨合的不是嗎？

多謝你的內心獨白，所以我也願意寫下我的想法，如果這些話可以慰藉到一個內心不安定、願意吐露心聲的女孩，也是我的福報。

不慌張的活法

我慢慢改變了看待事物的格局，
我開始讓自己接受這個世界不好的一面，
但是也相信自己當初的那些處事原則是對的。

Honey是個湖南女孩，大學畢業後到浙江一家公家單位上班，混了一年之後，或許是骨子裡的不安分作祟，希望改變當前的生活狀態，於是她跑到廣州去找工作了。

Honey面試的公司是廣州一家本土的廣告代理公司，主要負責央視其中幾個頻道的廣告投放業務。那一天剛好是她工作滿一年，還是那個稚氣未脫的小女孩，就直接穿著一身運動服去面試了。

Honey後來告訴我，那天人事部門的負責人不在，公司的一個高層主管面試了她，幾輪對話下來，還是覺得她不合適這份工作，於是就讓她離開了。

幾天後，Honey接到了那位面試她的高層主管張先生的電話，說約出來見面吃個飯，雖然那天覺得她不適合求職的崗位，但是覺得她是個說話讓人舒服的女孩，就想約她出來聊聊天。

一個月後，Honey跟這位張先生戀愛了，這是她的初戀。

張先生是個離過婚的男人，也是那家廣告公司的創始人，在廣州打拼了很多年，也算是那種精英等級的大叔了。

張先生開始帶她去認識他的朋友，而這些朋友中，幾乎也都是廣州這片土地上非富即貴的人。第一次去參加Party的時候，她穿著一身運動服過去了，到了現場，才發現燈光璀璨之下，全部都是錦衣華服的男男女女在喝著香檳紅酒。Honey直接就被嚇跑了，她擠著公車飛奔回自己的出租套房裡。

第二天，Honey開始去商場買一些漂亮的長裙，那個時候她已經找到了新的工作，薪資不高，可她還是狠心拿了好幾套衣服鞋子回家。

第二次Party的時候，她穿著漂亮的衣服去現場，為了保持體面的妝容，還特地招了計程車過去。這一次，她很快就融入熙熙攘攘的人群中了。

就這樣，Honey白天上班，晚上跟著男朋友去參加各種酒會跟飯局。Honey與生俱來的好口才跟好酒量這一次全部展示出了該有的成果，很多有錢人願意跟她聊天，她也被對方當成兄弟姐妹一樣。每次回到家的時候都已經是夜裡三點了，她脫下高跟鞋，跑去廁所嘔吐，接著累倒在床上。

第二天早上，Honey起來洗澡收拾自己，然後去公司上班，接著晚上再跟男朋友張先生去混飯局，周而復始。

Honey慢慢地混進了廣州的獅子會、潮汕商會……她還花了很多錢去學高爾夫，除了跟男朋友的圈子交際之外，Honey還不斷地把自己的交際圈擴大，認識了朋友的朋友。

在這些飯局球局裡，漸漸有人願意跟Honey交換名片，加上她本身是個熱心的女孩，漂亮的她在酒桌上從不做作，於是後來那些非富即貴的朋友們都願意帶她出席各種社交場合。

在這些努力下，Honey累積了很多資源，為自己所在的公司創造了很多銷售業績，老闆也器重她。

半年以後，Honey跟張先生分手了。她哭得撕心裂肺如同失去靈魂，張先生就坐在角落裡點上一根煙，什麼話也不說。她傷心欲絕，伴隨著死心離開了張先生。

Honey後來告訴我，那是自己的初戀，她覺得天都塌下來了，他居然還是無動於衷。

我問，那你們為什麼分手呢？

Honey回答說，他是一個離過婚的男人，或許早就看透愛情這件事，加上他本身帥氣又多金，太多的花花草草沾染上身。我是一個才畢業一年的女孩，眼裡容不得沙子，我不接受這樣的價值觀，所以哪怕痛苦萬分，我也要斬斷這個關係。可是那個時候我太年輕，不明白他已經是一個飽經滄桑的男人了，而我卻要求他跟我一樣單純美好，現在想起來，可笑至極。

Honey繼續留在廣州上班，夜裡依舊跟那些上流社會的朋友吃飯喝酒，只是已經沒有了張先生的陪伴，但是這個時候的Honey已經玩得遊刃有餘了。

一年後，Honey的年薪達到了五十萬（註1），她回湖南老家，為爸媽蓋了一棟小洋房，還買了一輛車，然後就沒剩下多少錢了。但是這個時候她已經不害怕

註1　五十萬：本書當中所使用幣值為人民幣，與新台幣的匯率約為一比五，五十萬人民幣約等於一百二十五萬新台幣。

沒有錢吃飯坐車這種事情了，她拿著剩下的錢，也買了一輛車給自己。

有一天她到深圳遊玩，接到了一通電話，是前男友張先生。

張先生電話裡說，一年前我覺得你是個單純天真的小女孩，我覺得自己太老練怕你受傷害，所以只能借酒消愁找別的女人，為的是讓你死心離開。但是我沒想到，就一年的時間，你已經成長為一個如此成熟幹練的女孩了，希望你能原諒我當時的狠心。

Honey不說話。

張先生提出想跟Honey復合，她想了一夜，說可以試試吧。

張先生還說，要不你來我公司上班吧，我覺得你現在的能力已經可以做我的助理了。Honey回話說，我不做你的助理，要做就正經的給我一個職位。

幾天後Honey去張先生的公司上班了，頭銜是執行總監。

接下來的日子裡，Honey把以前累積的人脈資源全部轉移到了這家公司，她依舊努力地工作，把自己所在的那幾個商會的關係維護得非常好，公司的業績也比以前成長了很多。

半年後，她把之前自己的那輛代步小車換成了BMW SUV，每天依舊開車上下班，晚上依舊跟她的那些富貴朋友們混飯局。

漸漸地，公司傳起了八卦。Honey聽到的版本是，同事們都覺得她是靠自己的男朋友，就是公司合夥人張先生空降的。從Honey一進來就是執行總監的職位，到現在開著BMW來上班，他們都覺得是她用肉體換得了這一切。

Honey心裡很難受，於是找到張先生，請他澄清事實。張先生回答說，只要你認定我們之間是真愛，那其他人的想法跟你又有什麼關係呢？她不知道該怎麼反駁，就沒有繼續問下去了。

但是公司的風言風語傳得越來越誇張，加上長期以來每天半夜喝很多酒，Honey的腸胃狀況已經很糟糕了，於是休了半年的假期，回老家養身體。

她說，也是那半年，每天喝著我媽熬的白米粥，我覺得那才是真實的生活。

Honey還告訴我，之前的那兩年時光，即使自己每天的努力換來了不錯的物質收入，但是每次跟那些貴族土豪混在一起，他們身上那種與生俱來的優越感是我所羨慕不來的。我總是難免自卑，可是又要繼續讓自己強顏歡笑跟他們混關係，時間久了，我開始對這眼前的這一切產生深深的懷疑。

對於這種每天觥籌交錯的生活，我覺得很不真實，每到半夜回到家嘔吐的時候，我已經分不清到底哪個是真實的自己了。畢業一年多，我的朋友圈裡每天都是豪車接送，郵輪聚會以及高爾夫社交，我的同學們都覺得不可思議，其實只有我自己知道，這種表面上的風光是多麼膚淺。

說這一段，正在吃飯的Honey表情開始變得沉重。

一年後，Honey又跟張先生分手了，而這一次，也是她自己提出來的。

我問原因是什麼？

Honey說，我後來才知道，他之所以願意跟我復合，是知道了我那一年的時間裡累積了很多資源，可以為他的公司帶來很多利益。而感情復合，只不過是這些利益出發點的一個助力罷了。

我感覺自己被騙了，而且越來越成熟以後，我發現他的確就是個現實至極的人。我不一樣，我雖然每天應付各種飯局，也有很多富豪朋友要送我貴重的禮物，我從來都不會收，因為知道一旦我接受了，那我勢必要付出些什麼的，我心裡有一個標準，我知道該如何經營跟這些人的恰到好處的關係。

我身邊也有很多跟我一樣的女孩，最後有了資源，都選擇了一條不好的道路。我不願意，只想好好談一場戀愛，全力以赴地投入。所以你知道的，我用了兩次機會，說服自己不適合跟張先生這樣的勢利現實大叔在一起，其實道理我一直都懂，但是放到自己身上了，非得痛苦到千刀萬剮了才願意醒悟。

我問Honey，那你後來是怎麼走出來的呢？

她說，我整天整夜地哭，然後開始遠離之前的那些社交圈，想讓自己靜一靜，但實在是沒有辦法調整，於是我開始去看以前從來不看的佛法跟道家的書。那半年的時間裡，我什麼也不做，就是用來看書了。

經過這半年的時間，我慢慢改變了看待事物的格局，我開始讓自己接受這個世界不好的一面，但是也相信自己當初的那些處事原則是對的，這半年下來，我開始變得通透了。

於是我收拾自己的行李，把租的房子退了，賣了那輛BMW，然後背上一台數位單眼相機，開始四處旅遊。

說完這段故事的時候，我正跟Honey在大理才村碼頭街道上的麻辣香鍋裡吃飯。這幾天的時間裡，她陪我逛完了大理的各個角落，帶我去吃遊客吃不到的本地農家菜。我想買一束十五塊錢的小雛菊帶回民宿，Honey上去直接就付了十塊錢向老闆要了三束花，因為她已經在大理住了三個月了，這一條街上所有的店家老闆幾乎都認識她。

Honey去年從廣州離開後，開始全國旅行，除了新疆以外，中國所有省份的大景點她都去過了。但是走了這麼長時間，她最喜歡的還是大理，其次是烏鎮。所以她已經來來回回在大理待了很多次，也是因為這樣，大理很多角落都被她玩得很熟了。

寫到這裡，很多人會想，Honey可以這麼任性，是因為她有錢啊！

她確實有點錢，但更重要的是，她還是一個懂得為自己計畫旅行收入的聰明女孩。

Honey告訴我，麗江第一個擺地攤賣自拍桿的就是她。去年的時候，她自己在麗江街道上遊玩，很多人尤其是年紀大的遊客問她手上拿的自拍桿是什麼，她發現這是個商機，於是上淘寶批發了一批自拍桿，僅僅賣了一天，利潤就破萬了。

等到其他人跟風在麗江擺地攤叫賣自拍桿的時候，Honey已經收手不幹了，用她的話來說，即使為了賺錢，也不是純粹賺錢，而且一天的收入已經差不多了，也就不摻和了。

後來旅行的日子，Honey每到一個新地方，都會多帶幾根自拍桿在身上，一是為了跟別人解釋這個東西怎麼使用，二是如果遇上感興趣的遊客，就可以轉賣出去了。

Honey說，有一次在澳門，有個老外想買我的自拍桿，當時我身上就剩一根了，但是我還是轉賣給他，一百多塊人民幣。然後我拿著這筆錢又上淘寶買了四根回來，遇見合適的客人在適當的時候出手，才是最好的銷售方式。

嘖嘖，果然是混圈子做市場出身的人。

Honey還在朋友圈做代購。有次她去到西藏，遇上當地的節日，拍了很多漂亮的照片放在自己的朋友圈，有朋友想要購買藏族的一些飾品，Honey覺得商機又來了，於是拿出五千塊錢去批發一批藏族當地飾品，然後拍圖組合成不同的寓意系列。

Honey告訴我，那次她刷了一天的朋友圈，發了二十組圖片，一天下來的成交額是一萬五，除去成本，又淨賺了一萬。

我笑著問，你的朋友圈怎麼有這麼多小資的朋友（註2）？

Honey笑說，我自己的朋友圈都經營得不錯，我不愛轉發一些沒營養很混亂的東西，即使這一次發代購廣告我也不會很直接，我都會搭配上藏族當地的民俗故事圖片，所以大家也不會太反感。

我連連點頭贊同。

這一次常駐大理後，Honey開始替自己打廣告做兼職攝影師，她先在自己的朋友圈推送一些大理漂亮的民宿跟酒店的圖片，於是有人找她幫忙訂民宿訂酒店。她也夠熱心，從不拒絕，然後有朋友到了大理就希望她能做導遊陪玩，Honey也一一答應。就這樣，開始有人願意付費找她跟拍旅行攝影。

現在的Honey，住在大理她最愛的一家民宿裡，就在我隔壁的房間，上個月她跑了二十天的時間做攝影跟拍，直到後來她的檔期排不過來了，她決定拒絕接單，想調整休息一下。

晚上吃飯的時候我問Honey，接下來你有什麼打算呢？

Honey回答，我不想回到原來的那種日子了，不真實的浮華與燈紅酒綠。但是我也不知道接下來的道路該怎麼規劃，如今的我已經有了可以一邊旅行一邊賺錢養活自己的能力，所以我夜裡睡覺的時候，已經沒有原來那種害怕了。

我覺得我天生就是不安分的野鳥，沒有籠子可以圈住我，但是另一方面我覺得自己那些年過得很不堪，職場上自己的努力被人誤會，初戀男友是個飽經滄桑的男人，還復合了一次，而且他就是衝著我所累積的人脈資源來的。

我一邊吃飯，一邊回答她，我覺得你不應該為自己的過往感到羞愧，一是你全力以赴投入戀愛，你的出發點不是利用男友達到其他目的；二是你知道自己受傷了要去尋找一種解決方式，無論是閱讀佛法的書籍還是出來旅行，你是一個自我認知很高的女孩，這比那些走了彎路回不了頭的女孩強上千百倍了不是嗎？

Honey聽完這一段，點頭同意了。

我繼續問她，如果接下來再遇上一個合適的他，你還願意像剛來廣州的那一年那樣全身投入嗎？

註2　小資：中國流行用語，指嚮往流行思想生活，追求內心體驗、物質和精神享受的年輕人。小資一般為年輕都市白領。

Honey認真點頭：「我依舊會全力以赴地投入，而且如今我種種的努力，就是為了將來不至於被物質束縛我的愛情。錢，老娘自己有，當然有人願意給我花我也接受。」

夜裡我發了條微博說，我覺得旅行教會我的事情，是即使結束後你依舊要回歸現實生活，但是你已經不是原來的那個你了，這才是走在路上的意義吧。

這個「已經不是原來的你」，不僅僅在於我自己的心境得到的調整，更多的是，很多陌生人的故事闖進了我小小的腦海裡，為我打開了另一個不同世界的大門。

我不知道這裡面的故事有多少辛酸過往或者是不確定的未來，但是當下這一刻，我的心裡卻是萬分寧靜，這比我自己在夜裡獨自冥想還要強上無數倍。

對了，忘了說了，Honey是個一九九一年出生的孩子，比我小多了。

你存夠「Fxxk you Money」了嗎？

其實說得再簡單一點，就一句話：「你得做點什麼。」

身為一個美劇迷，我想談一談第三季《福爾摩斯》中的女版華生的扮演者劉玉玲。

劉玉玲，這個一九六八年出生於美國紐約皇后區的中國第二代移民，她的童年生活異常清苦。跟很多努力的移民二代一樣，她勤奮學習，取得了密西根大學亞洲語言文化專業學士學位。

也許是因為她那張細眉細眼、頗有個性的東方臉蛋，加上嬌小玲瓏的體型，劉玉玲很早就得到了星探的垂青，讀高中時就應邀出演了一次文具用品廣告，隨後在大學期間獲得了主演戲劇《愛麗絲漫遊仙境》的機會，一舉成名。

說到這，我想起之前看到的一個話題，某家媒體盤點了一個「曾迷倒國際大亨的華人女星」的專題，從朱珠、鄧文迪、普莉希拉・陳（Facebook創始人馬克・祖克伯的夫人），再到陳朱莉、楊紫瓊，無一不是優雅嫵媚的亞洲面孔。而在這張名單中，劉玉玲赫然在列。要知道，即使是如今已經拜倒在美人律師石榴裙下為人夫，曾經數一數二的「鑽石王老五」喬治・克隆尼，也曾經兩次跟劉玉玲結緣，其魅力可見一斑。

前陣子美國有個很火的Fxxk you money的典故，主角就是劉玉玲小姐。她在一次接受採訪時說：「我工作後一直很努力存錢，這筆錢叫做Fxxk you Money，當老闆要解雇你，或是讓你去做你不願意的事情時，你就可以很有骨氣地甩他一臉Fxxk you！」

姐有錢，去你的！

由此，「Fxxk you Money」這個詞也就被創造出來了。

我把這個典故告訴了隔壁的同事K小姐，K小姐第一句話就是：「這事離我們太遙遠了，我們看看就算了吧。」

我急了，於是趕緊解釋：「我們也是可以在我們自身能力範圍內存夠一筆Fxxk you Money的啊！」

K小姐再問：「那多少才算得上是Fxxk you Money呢？」

我一下子就被問倒了。

最近的女權主義鬧得沸沸揚揚，從春晚開始，到Google和百度兩大搜尋引擎的國際婦女節塗鴉，引起一場場有意思也很有意義的討論，關於女權主義和反對歧視的話題漸漸在許多小圈子裡興起，雖然還沒有形成全社會參與的熱門話題，但已經足夠鼓舞人心。

我想起我聽到的一個姐姐的故事。

她從二十八歲開始，每年找一個和工作無直接關係的課程去學，她的愛好就是學習各種不同的知識，她說這樣可以幫助自己開闊眼界。

她去上海學過培訓師課程，去北京學過職業規劃師課程，三十歲讀MBA，所有這些學習費用，包括交通食宿，都是上萬的數目，都是她自己出的。

她還喜歡旅遊，去過桂林、三亞、成都、南京、馬爾地夫，這些費用也是她自己出的。

結婚的時候，老公的錢都買房裝修了，辦婚禮和度蜜月的錢是她出的，結婚前後沒用雙方父母一分錢，長輩們甚為滿意，婚後對她視如己出。

我不去評價她的生活方式，我印象深刻的是她所說的那一句，「我覺得一個女人，是需要存錢的，這樣將來可以心安理得地做自己想做的事情」。有人會說，我們應該少花心思在存錢上，多想想怎麼賺更多的錢。我想說的是，存錢這個字眼本身就包含了「開源」、「節流」這兩件事情了呀！

會有人問，那如何才能存夠「Fxxk you Money」呢？

實際上，除了存錢本身這件事情，你得必須要有一顆「Fxxk you Money」的決心才是。

我曾經請教過一個正在創業的前輩，問怎麼堅持完成一件你不喜歡卻又不得不做的事情。我本來以為他會給我一個高瞻遠矚的理論，結果他的回答只有一句：你多想想是為什麼不得不做？

回到今天的主題，真正的自由不是你想做什麼就做什麼，而是你不想做什麼就不做什麼。

以前上學時學到了木桶定律（註），於是我一直因為自己的化學成績不好而自卑了很多年，直到有一天我看到了《萬萬沒想到》的導演叫獸易小星的話。

他說自己從小到大數學都很少及格，雖然讀的是理科但考大學時連數學都沒及格，還好中文英文足夠厲害，不然大學都沒得上。

他一直覺得自己很笨，老是羨慕數學好的人，覺得他們智商高，總懊惱父母沒把自己生得聰明點，這種狀況持續到他的大學。

然而畢業進入社會，困擾叫獸易小星十幾年的數學突然變得不再重要，加減乘除足以支撐他的工作，他覺得自己變得聰明起來了，用他的原話來說，「雖然EQ低的問題依然存在，但IQ上的自卑已經完全消失了」。

轉行當導演之後，叫獸易小星只花了一兩年時間就做到了別人十年也未必做得到的事，他覺得自己聰明極了，「簡直是這一行、這個年齡層裡最聰明的幾人之一」。

所以我覺得，每個人都有聰明之處，關鍵在於你有沒有徹底避開弱點，踏入自

註 木桶定律：一個木桶盛水的多少，並不取決於桶壁上最高的那塊木塊，取決於桶壁上最短的那塊。例如在一個團隊裡，決定這個團隊戰鬥力強弱的不是那個能力最強、表現最好的人，反而是那個能力最弱、表現最差的落後者。

己天賦最強的那個領域。

也許你會說，目前還沒有發現自己喜歡做的事情是什麼，或者是還沒有條件去做自己喜歡的工作。但是這個過程中，你就已經可以開始存你的「Fxxk you Money」了。

這個錢並不在於多大的數量，讓你隨時可以甩開工作馬上進入坐吃山空的狀態，它的意義在於，在某種情況下，你能有更多的選擇。在這個世界上，有太多的無奈來自於「我沒得選」。

說到這，我想了朋友給我的一段話：實際上，你未必非要存一筆錢才有這種骨氣，在工作之餘，你可以練就一門手藝，多交幾個朋友，多讀幾本好書，運動一下對身體好，經營自媒體，這都是有朝一日，你衝著主管大吼「老子不幹了」的本錢。

到底是我的朋友，一針見血地說出了我想要表達的東西。其實說得再簡單一點，就一句話：「你得做點什麼。」

失戀比天大

以前遇上別人失戀，
我最喜歡說的一句話就是，
「總會過去的，我們唯一能做的，
就是坐等時間，然後Let it go。」
而如今呢，我覺得最好的狀態就是，
Let it be。

去年大概這個時候，我的大閨蜜打電話給我，說她跟自己的男朋友分手了，當時的我正在去健身房的路上，我問她現在是什麼情況，她回答說也就昨天剛發生的事情。我說那你先哭一會吧，我先去跑步了。

後來我把這個事情告訴另一個死黨L小姐的時候，她大罵我絕情，朋友最需要你的時候，你竟然忙著做自己的事情，實在太不夠意思了。

於是我問L小姐，你當年跟大學初戀分手的時候，我是不是也是叮囑你先哭個幾天，然後我們再慢慢聊？

L小姐點頭說，對喔，那個時候我覺得整個世界都崩潰了，哪還聽得進去你的話。

那不就是了！我白了她一眼。

很多人都經歷過分手吧，一般談到失戀故事，大概會有兩種情況。

一是有些人會沉溺於失戀帶來的痛苦之中，每日念舊至極，哪怕這個房間裡還有一雙他的襪子，甚至出去吃飯不小心點到以前他最喜歡吃的那道菜，想到如今只剩自己一人獨食了，眼淚就會忍不住掉下來。於是就在這暗無天日的時間裡，終日恍惚，如同靈魂死去。

第二種情況，應該是電影裡或者文學作品常有的情節，比如當他回到家打開房門的時候，發現家裡空空如也，再也沒有了以前播放韓劇的吵鬧聲。這個時候他默默打開冰箱，拿出一瓶酒，倒滿杯子，喝完之後，繼續加班寫e-mail去了；又或者是，她站在十字路口，看見他牽著另一個女人的手，大笑嬉戲，於是她默默掛掉剛撥通的電話，然後回到兩人住的小家裡，慢慢打點行李，最後把鑰匙放在門口鞋櫃的籃子裡，重重地關上了房門離去，不再回頭。

以前，我比較喜歡第二種情況，或許我本來就是個理性的人，也一直秉持著好聚好散的人生原則，因為我發現這是讓彼此體面告別的最好方式。

但是我錯了，我自己經歷了失戀，我沒有前一種情況的死氣沉沉或者靈魂出竅，也沒有後一種的淡定，我只是哭，整日整夜地哭。也許是那個時候年輕，不會像現在這樣擔心這個年紀了再分手，那下一個真的就很難找了。那個年紀的自己，想到最多的，是關於青春的愛恨情仇這件多麼不開心的事情。

我照樣會吃飯、買水果、看電影，只不過吃飯的時候覺得沒什麼味道，看電影的時候比較容易掉眼淚。

可是當我聽說隔壁宿舍有個女生，分手後三天三夜不吃東西餓得沒有任何力氣，最後差點送去了學校的醫務室，我覺得很驚訝。在我的人生邏輯裡，即使遇上多麼不順的事情，也不會妨礙我對於吃的追求。一位前輩跟我說過，人生要是有那麼三兩個愛好是件很幸福的事，當你處於低谷的時候有興趣可以依靠，無論這件事情是下廚還是畫畫，或者是跑步聽音樂，哪怕是看肥皂劇也好，至少還有個寄託可言。

當我遇上不好的事情的時候，無論是愛情還是其他，我總是先讓自己靜靜地哭一陣子，然後發呆，餓了就找吃的，然後再繼續哭一陣，接著發呆，如此循環。

我那幾個閨蜜，每次她們遇上失戀的事，我的原則是，你先哭一陣，哭夠了跟我說說你們兩人的過去，而我也從來不會給答案，說你該去把他挽回，或者你必須放手之類的，我從來不會給出這樣的建議。

換作是以前的我，肯定會安慰她說，你得走出來啊，你要自己一個人去吃大餐，你要去看電影，你要出去旅行，你要跑步健身減肥，你要讓自己改頭換面成為更好的自己，然後讓你的前任後悔，哭死在牆角。

過去的我也許還會安慰她，你看那誰誰誰，那些堅強獨立的女性榜樣們，哪一個不是在經歷失戀甚至各種被分手之後重新振作起來的？你也可以做到。

可是那個時候的我不知道，那些看似光鮮亮麗的女性榜樣，跟我們分享過往經歷的時候，天知道她們在自己最痛苦的時間裡經歷了什麼。或許她們比我們更慘，只是後來她們走出來了，成了人生贏家，回憶往事的時候風輕雲淡，然後被人稱讚為內心強大的人，被人供奉為榜樣力量。

這就是我如今不愛聽信那些榜樣勵志故事的原因，不是不信，而是真實的故事外面包裹了太多的裝飾。

說回我那大閨蜜的失戀，後來她自己在家待了一個星期，這期間我不知道她是怎麼過來的。後來她打電話給我的時候，已經沒有了第一次的盲目與撕心裂肺，而是開始跟我分析這幾年存在於她跟男友感情之間的一些隱患，然後她自己說，原因一直存在，只是我沒有去重視它，最後有了導火線，於是一下子點燃了。

大概每一個人回憶自己的失敗戀愛經歷，都能分析出各種理由跟原因吧。但是如果你以為我要鼓勵的是「那我們就別談戀愛了」，那我絕對是不同意的，我所秉持的觀點就是，在每一場感情中全力以赴之後，哪怕沒有走到最後也就無憾了。

我最害怕的，是那種害怕最後受傷太多所以乾脆就不投入太多的人。我大學的一個男閨蜜，他的戀愛原則就是，一不拒絕，二不說分手，三是絕不回頭，也是因為這樣，他的幾次戀愛都是不鹹不淡的。每一次分開，女生都會哭得很傷心，但是他就慶幸自己在這場戰役裡沒有投入太多，也就不覺得那麼難受。

有一次我問他，你怎麼會變成這個樣子？

他跟我說了自己初戀的故事，就是因為當年全力以赴地投入，最後失敗了，於是告誡自己不要太相信愛情。所以在後面的幾場戀愛中，一直都很理智，收得很緊，於是大學的幾場戀愛裡，他都以自己沒有損失太多為榮。

有一次他告訴我一個觀點，說人都是這樣的，第一次談戀愛的時候是百分百投入，後面的每一次就逐漸減少，也就是說，戀愛越多的人，最後分手的時候疼痛感受也沒有以前那麼深了。

我無語，說這是什麼邏輯？

他回答說，因為已經習慣了呀！

我更加無語。

以前我聽過一種說法，為了不讓自己在失敗的愛情中損失太多，女孩子自己一定要有骨氣，最好要有自己的房子，自己賺錢養家，不花男人一分錢，到最後就真的變成兩不虧欠了。

我一向很害怕這種很用力的觀點。

在我的觀念裡，最好的獨立，應該是遇上了一個好男人，以愛之名，全力以赴地樂享他為你提供的一切，無論是物質還是精神上的，因為這是他愛你，願意與你攜手一生的表達。

而如果遇上了不合適的人，感情結束了，你也可以坦蕩蕩地收拾自己的行李，回到自己的小屋裡，哪怕是租來的。你有足夠的收入，有愛你的朋友，有自己的資源，這樣的結局沒有把你人生的全部抽走，只不過是人生路上刪了一個不適合與你同行的人。你只需要調整一段時間，然後適應新的生活，僅此而已。

昨晚有個女孩留了很長一段留言給我，關於生活的不如意，關於親人的離開，關於職場的種種不順，大半夜的我看完一整個螢幕的留言，感慨萬千卻不知道該說什麼。於是我回覆說，我想推薦你去聽聽電影《重返二十歲》裡楊子珊唱的那一首《微甜的回憶》。

第二天女孩又回覆我了，「泥濘的路，坎坷的感情，都剩下雲淡風輕，不要傷心，不要灰心，苦難到虛脫的絕境，會被時間釀成微甜的回憶」。她說，我堅信，苦難應該都會過去的，生活一定不會虧待善良和渴望美好並且努力奮鬥的人。

在《微甜的回憶》這首歌裡，我最喜歡的是那一句：最永恆的幸福，不是擁有你，而是擁有和你有關的回憶。

以前遇到別人失戀，我最喜歡說的一句話就是，總會過去的，我們唯一能做的，就是坐等時間，然後Let it go。

而如今呢，我覺得最好的狀態就是，Let it be。

也就是說，你的失戀比天大，該哭就哭，該難過就難過，該撕掉照片就撕，該剪髮就去剪，給自己墮落的空間與呼吸的氣息，就讓它處在這個進行中的狀態就好。

接受這樣的過程，不需要馬上奮起直追，不需要馬上改頭換面，不需要報復前任，不需要向別人證明我自己一個人也能過得很好。就像電影《藍莓之夜》裡的女主角，她站在他的樓下，望著窗戶的方向，沒有告別，就開始一個人上路了。

即使是下一秒女主角的世界裡會發生翻天覆地的變化，王家衛卻不願意把這些表現出來，就跟林夕那些撕心裂肺的歌詞一樣，沒有很多的描述形容詞，有的只是過往回憶的點滴字句。很多年以後，回憶起那一夜那些日子，自己會突然流出眼淚來。

時間是最好的答案，只有經歷過的人才有資格說這一句，最好的失戀方式，就是真正釋懷，而最重要的是，這條路上，只有你自己一個乘客。

一念之間的選擇

我們需要在適當的時候把握住自己的命運，
這是一件簡單的事情，
但多少人的人生格局，
可能就定在了那「一念之間」的選擇上。

01

T哥哥是潮汕人，家裡有好幾個兄弟姐妹，他爸爸是當地數一數二的匠工，因為家鄉最大的產業就是開採大理石，於是當地會有很多石場，把開採來的石頭製作成各種傢俱銷售。

T哥哥很小的時候，家裡有個叔叔過來跟他爸爸提議，說當地有一所學校的管理部門需要招聘一個工人，除了做基本的工匠工作外，還有一些需要管理的簡單工作。T哥哥的爸爸思考了幾天，拒絕了，說自己在家鑿大理石很開心，不想太被束縛。

因為也不需要太多的技術能力，於是T哥哥的叔叔就自己進了那所學校，接受了管理部門工人的職位。

幾年後，叔叔升職為管理部門主管，再過幾年，叔叔還被學校聘為實作課堂的講師，轉正後有了公司編制的保障。

後來，叔叔工作的那所學校要舉辦校慶，需要訂製一批石像雕塑，叔叔覺得這個事情很有市場，於是提出自己出去組建工廠跟團隊，T哥哥的爸爸也加入了，還是擔任匠工的職位。

除了為這所學校提供石料訂製產品之外，工廠也開始替其他學校以及政府部門提供石料訂製產品，幾年下來，T哥哥的叔叔成了當地有名的企業家。

前幾年T哥哥的叔叔移民香港，幾個孩子相繼留學歸來，家裡提供了第一桶金，讓孩子們在深圳和廣州創業。

T哥哥今年回老家，跟自己的爸爸提到了當年為什麼不去接受學校管理部門職缺的問題，他爸爸邊吃飯邊說，我自己覺得不喜歡，我就不想做，而且你看啊，我現在還是我們村裡最好的工匠師傅，我的手藝可是一流的呢！

02

W同學的爸爸以前當兵的時候，是在部隊開大卡車的司機，退伍以後回到家鄉，開始幫別人開車運送貨物。

有一天，W同學遠房的一個叔叔來訪，找W同學的爸爸商量說，當地的學校需要採購一批校車，學校提供了一個機會，可以讓這個叔叔出去組建團隊，找司機、採購校車，成立一個半市場化自主運營的公司，自負盈虧。但是學校每天上下班的老師和上下學的孩子這一部分客戶是固定的，其他的客戶需要自己去開拓。

遠房叔叔的意思是，他想跟W同學的爸爸合作這件事情，組成合夥人管理這家公司。W同學的爸爸考慮了一晚上，第二天婉拒了遠房叔叔。

遠房叔叔奇怪地問，這麼好的機會，你為什麼不願意去做呢？

W同學的爸爸回答了幾個字：太麻煩了。

後來遠房叔叔自己做了這件事，也成了當地數一數二的企業家，前幾年全家搬遷到市中心，去年過年的時候女兒結婚，直接送了一棟兩百多萬的別墅和一輛奧迪當嫁妝。

W同學的爸爸這個時候，也在老家樂此不疲地享受著在親戚家工廠上班的工作，怡然自得。

03

F同學的家鄉是江南水鄉，歷代以打魚為生，從爺爺輩到爸爸，一直都以撈魚捕蝦為主業。

F同學的叔叔是家裡最小的弟弟，叔叔從小也跟著F同學的爸爸去划船捕魚，後來的幾年，家裡很多親戚去外地打工，於是家裡人勸F同學的叔叔也去外面闖一闖，看看外面的世界有什麼機會。

小叔叔始終不願意出去，後來實在拗不過家裡的洗腦，終於答應南下到廣州，看看有什麼機會。

有天夜裡，小叔叔大半夜在廣州打電話回老家找他哥哥，就是F同學的爸爸，小叔叔問大哥，你現在還是每天出去捕撈魚嗎？

F同學的爸爸回答是啊。

小叔叔在電話裡馬上就很急，說大哥你能不能隔一段時間再去捕魚呢？

F同學的爸爸問，為什麼啊？

小叔叔回答說，我怕你把魚都撈光了，等我回老家當漁民的時候，就沒有那麼多魚給我撈了呀！

F同學的爸爸頓時發火問道：你就不能有出息一點嗎？你現在都出去闖了，你就不能想著以後在廣州事業有成安頓家人嗎？

F同學的爸爸掛了電話。

過幾年，小叔叔家的孩子開始上國中了，小叔叔還是決定離開廣州，回家裡來謀一份職業。

F同學的爸爸去車站接小叔叔，小叔叔剛下車就問，我看新聞上說，這幾年家裡多了好多人去淘金鏟沙，河水受到了很嚴重的污染。

F同學的爸爸回答說，對啊。

小叔叔那時候突然著急地大喊：那我怎麼辦？我還打算回來繼續捕魚為生呢，污染的河水裡只剩下死魚死蝦了，那我去哪裡賺錢？

F同學的爸爸這會兒真的忍不住了，但是他不再生氣發火，也不再苦口婆心地勸說，就任憑小叔叔回去準備漁具又開始了自己新的漁民生活。

轉眼幾年，小叔叔的兩個孩子一個考上了大學，另一個考上了高中，這個時候他發現自己的積蓄已經負擔不起兩個孩子的學費了。

無奈之下，小叔叔決定重新南下廣州進工廠工作，這時的小叔叔已經四十五歲了，跟著一幫年輕人同吃同住，聽不懂他們在聊的QQ空間和微信，也不知道他們穿一身皮衣皮褲外加染一頭紅髮是什麼意思，小叔叔日復一日地坐在生產線上，然後把伙食費寄給兩個孩子。

今年過年的時候，小叔叔沒有回老家過年，因為這些年裡，他也沒有在老家買房子，都是靠親戚幫忙給個小房間居住的，兩個外地上學的孩子也不願意回來。

大年三十那天，小叔叔打了電話給F同學的爸爸，F同學在旁邊聽著，小叔叔說，我現在很累，每天上班十四個小時，整個人都瘦了，體力也比不上年輕的時候了，我很後悔以前沒有聽大哥你的話，當年要是我在廣州多打拚幾年，哪怕沒有發大財，也不至於淪落到如今這般了……。
電話持續了很長一段時間，一直都是電話那頭的小叔叔在說話，F同學的爸爸始終在這邊聽著，大口大口地抽煙。
最後電話掛了，F同學喊爸爸去客廳吃年夜晚，然後問爸爸，小叔叔現在怎麼樣了？
爸爸嘆了一口氣，只說了一句：「唉，都是命。」
那個時候，距離央視的春晚開始還有一段時間，窗外有人已經放起了煙火鞭炮，一副熱鬧團圓的氣象。
F同學想著自己的小叔叔，這時候還一個人在廣州工廠的宿舍，也不知道有沒有年夜飯，小叔叔的兩個孩子都跟著媽媽回外婆家過年了，也終究沒有來F同學家拜訪串門。

故事講完了，這是我的三個同學講述的。
我們乾了好幾罐啤酒，然後得出了一個答案：我們要感謝我們自己。
T哥哥家裡幾個兄弟姐妹，只有他一個人考上了大學，其他幾個都是國中或者高中畢業就出去工作了，如今幾個兄弟姐妹都會跟他抱怨工作辛苦的事情。

T哥哥說自己有時候會在夜裡沉思，其實從小到大身邊都沒有人告訴過他，上學讀書很重要這件事，但是他就是隱約覺得，應該讓自己接受一下高等教育的薰陶。不管學得好與壞，至少現在畢業出來進入大公司工作，每個月坐在辦公室裡，風不吹日不曬，偶有加班但是補貼福利一堆，這樣比他的兄弟姐妹要好太多。

T哥哥還說，以前我總覺得自己的爸媽很辛苦，當然現在我也很感恩他們，但是到了現在這個階段，我更加感謝我自己，我們幾個兄弟姐妹在一樣的環境下長大，我的父母因為見識不多學歷不高，只是盡了基本的養育義務，而後來人生中的每一步規劃跟決定，都是我自己選擇出來的結果，所以我很感恩我自己。

一旁的我們幾個點頭稱讚。

我身邊也有一些家境不錯的同事，跟他們相處時，他們的彬彬有禮總是讓我覺得舒服，而且我覺得他們身上我沒有辦法擁有的一樣東西，就是不慌張。

他們可以淡定地選擇自己喜歡的工作，而且因為本來接受到的教育也不差，EQ不錯，所以也是職場中表現很出眾的一批人。每次遇上提案討論有衝突的時候，他們也能夠就事論事，大方地說出自己的想法和建議，不畏懼別人的指責，也不害怕別人的忽視，因為他們自己的內心世界已經足夠強大。

而這些人，他們的父輩，或許就是T哥哥的叔叔、W同學的遠房叔叔那一類人，在他們那個時代裡把握住了機會，在他們那一輩就已經明白了「這個世界上沒有事情是不麻煩的」這個真理，然後投入付出，為自己改變了命運，也為自己的後代創造了更好的條件。

當然我們也不能否定，T哥哥的爸爸在家當著一名頗有成就感的匠工師傅也很開心，W同學的爸爸在家幫別人開大卡車運貨也有不錯的收入，以及F同學的小叔叔難保後面還有機會有更多的提升，這些也都是不能忽視的。

我只是想說，我們需要在適當的時候把握住自己的命運，這是一件簡單的事情，但多少人的人生格局，可能就定在了那「一念之間」的選擇上。

不敢關燈，床前那盞燈一整夜都會亮著。
有一次試過把燈關掉，
可是瞬間被籠罩在巨大的黑暗中，
心跳加快跳起來，
別說入睡了，一陣陣不自在襲來，
沒辦法，又把燈重新打開。

我們生來都是一條魚，
這個世界是一張很大很大的網，
我們在這張可能是工作或是生活的網裡穿梭來去，
以為會有很多同類在陪伴自己，
其實很多時候我們都是獨自存在於這海洋中。

第三章

生活是自己的，與他人無關

每個人都有聰明之處，
關鍵在於你有沒有徹底避開弱點，
踏入自己天賦最強的那個領域。

一個人過這些年

從害怕到習慣，感覺孤獨的恐懼，
然後開始想辦法拯救這種頹廢，
接下來是享受這種一個人的狀態，
這裡的每個步驟，缺一不可，
你也無法躲避，無法跳過，
只能學會一一接受，繼而一一改善。

01

因為最近案子很多，加班的時間從之前的正常十點下班到了現在的半夜兩三點，計程車司機到公司樓下的時候，我總是會用手機把車牌號拍下來，但是也不知道發給誰。不能告訴父母我這個時候才下班，這會讓他們擔心，夜裡這時朋友們都睡了，於是照片就存在手機裡當作一個安慰。

回家路上不是最害怕的，最害怕的是下車那一刻，要從社區的門口走到自己租房的那棟樓，經過一個停車庫，還有好幾棟樓。半夜時分整個社區安靜如水，連小孩的哭泣聲都沒有了，走進電梯，看到光亮的告示板裡反射出來的自己，一張疲憊的粉底都被油光暈掉的臉龐。電梯到了，還得經過很長一條走道，才能到自己最靠邊的房子，隔壁的房子貌似是一家公司的員工宿舍，而且都是清一色的男人。有一次那個大門開著的時候，不經意看見過裡面很多個上下鋪的床，堆滿行李跟雜貨。走道的燈光很微弱，有時候需要很用力的跺腳才能聲控亮燈，不敢叫出聲來，害怕影響別人，更害怕招惹別人。

有一天夜裡隔壁那一堆男人不知道是喝醉酒了還是怎樣，一直不停砰砰砰地拍著門，我知道那是他們在敲自己的門，可是一牆之隔的我躺在床上那一刻，我覺得那就是在敲我家的門。摻雜著吵鬧聲，震天動地，令我惶恐不安。

週末想著為自己做一頓好吃的，打開冰箱卻發現什麼都沒有，飢腸轆轆實在是沒力氣再走到很遠的超市或菜市場，於是叫外賣。要點兩個套餐的價錢才達到外送的條件，於是只能吃完一個套餐，留一個套餐到晚上吃，又或者是打包明天帶到公司當午飯。

時間久了，不大喜歡回家，因為沒有什麼可以期待的東西。

不敢關燈，床前那盞燈一整夜都會亮著。有一次試過把燈關掉，可是瞬間被籠罩在巨大的黑暗中，心跳加快跳起來，別說入睡了，一陣陣不自在襲來，沒辦法，又把燈重新打開。

放假的時候在家待著，看到搞笑的電視劇想大笑一段，吃到好吃的飯菜想大吼一聲，哪怕是早上起來發現陽光很好，伸個懶腰想讚美一下生活，突然發現身邊連個可以分享的人都沒有，於是暢快的呼吸又壓下去了，時間久了，自己也開始習慣一言不語。

有時候覺得這個屋子寂靜到可怕，為了和緩一下這種詭異，會打開下載好的電視劇，也不會去看，就任憑放著聲音縈繞，然後就聽著，該看書洗澡做飯就去，無須理會。

有一段時間把《還珠格格》從第一部到第三部循環播放了五六次，終於有一天連這個也聽到想吐了，於是心裡想著，這次要找一些有十季以上的美劇來聽一下了。

每次去超市推著購物車的時候，總是發現家裡好多東西都缺了，心裡告訴自己不要挑太多了，可是轉眼又是兩大袋。左右手拎著其重無比的東西，一步步往家裡的社區走，萬一遇上大雨，那是跑也跑不起來，任憑雨水淋濕，看一眼自己腳下，心裡暗自慶幸一句，還好今天穿的是平底鞋。

以上這一大段，是我的閨蜜W小姐的日常，去年研究所畢業，這是她一個人在上海的第一年。

她告訴我，儘管她說得太黑暗了，可是說句真心話，她知道一個人磨練自己是有好處的，可是她真的孤獨，其實從來不覺得自己可憐，或者是抱怨生活，真的只是孤獨而已。

02

接下來是另一個人的日子。

沒有人跟我搶浴室，沒有人跟我搶任何東西，家裡的擺設我想怎麼佈置就怎麼佈置，我想收拾乾淨就可以做做家事打掃乾淨，我不需要跟任何人吵架溝通，老娘高興或不高興都行。

我買了一張大大的床，放一堆喜歡的書在床頭，衣櫃裡的衣服錯落有致，不想洗的衣服就先堆到一邊，客廳裡鋪了一層榻榻米，高興了就抱著被子到客廳睡，上網看電視還能吃零食，沙發上放滿了各種外出時帶回來的伴手禮，還有節慶假日別人送的禮物，嗯，所有的地盤都是我的。

週末的時候出去跟同事小聚，我盡量要求他們能送我到家，當然如果不行，我就一個人走回那條黑漆漆的巷子，遇上陌生人搭訕，不說話就好，或者是假裝自己在打電話，很大聲地說話發笑，順著走道的夜燈敲門假裝家裡有人，然後開門。

有天夜裡遇上這棟樓的一個男生也剛下班，推著自行車往裡走，他問了我一句「今天這麼早啊！」，我心想著「我不認識你啊？」。換作是以前的我，也會回陌生人一個禮貌的笑臉，可是我太累了，一開始會覺得不好意思過意不去，可是日子久了，心想著這裡的租客誰不是人來人往，來去匆匆？算了，不認識也罷。

一個人看電視劇，一個人聽歌，一個人煮三四道菜，愛做什麼就買什麼菜，然後拍照分享朋友圈，想想就很是霸氣。

這一段，是我的閨蜜L小姐的日常，這是她一個人在廣州的第三年。

03

我接著說。

我住在郊區的一個社區，雖然上班有點遠，但是好在社區環境很好也很安全，房東也很友好，家裡有什麼電器壞了，我去找工人修補好，然後告知房東，她下個月就會在房租裡少收我一些錢。

剛開始的時候很糟糕，不會做飯，平時下班的時候也不想回家，到處找同事出去吃飯，週末的時候能找朋友出去玩就出去，這樣吃飯的問題就解決了。可是畢竟每個人的生活不一樣，遇到沒有人陪同吃飯的日子，就在公司樓下隨便將就吃一點，週末更不用說了，叫外賣，飯菜不好吃，我勉強吃幾口就沒胃口了，有時候覺得很可憐，別人的假期是歡喜，到了我這裡就是鬱悶跟擔憂。如果我跟別人說我很喜歡星期一去上班，大概會被人打死，可是真的是這樣。

家裡飲水機沒水了，我一定要拖到週末白天的時候才打送水電話。送水工上來的時候，我要把電腦的電視劇開得很大聲，然後穿上一身很醜的運動服，蓬頭垢面地開門，盡量準備剛好的零錢，避免更多交流的時間。

遇上生病的時候盡量買藥，能不去醫院就不去醫院，在家好好睡著就行。我曾經去過醫院，一個人排隊繳錢掛號，等候叫號，進去看醫生，然後出來排隊拿藥。我是個害怕醫院的人，尤其是一個人的時候，看著人來人往，產檢的孕婦，生病的女孩，體弱的老人，身邊都有人陪伴，我就在這擁擠的嘈雜聲裡，忍著頭痛的無精打采等候各種排隊，到了這種情形，我即使是普通的小感冒，也都會被奔波成大病一場了。

家裡放了很多零食跟乾糧，夜裡餓的時候能止餓一下，可是很多時候也吃不下，因為我連泡麵都吃膩了。

最歡喜的時候是換被單，買了幾個顏色的四件套，每個月一洗，每當散發著洗衣精香氣的被單鋪開，還有著陽光曬過的味道，也就這個時候我才覺得這個屋裡多了一點新鮮的亮色。

這一段，是我的同事Y小姐的日常，她一個人在深圳已經待了五年。

忘了說，這一段應該是Y小姐在深圳前三年的日子。去年的Y小姐，已經開始每天夜裡回家熬上一把小米粥，放涼了打包第二天帶到公司，下午快下班的時候就當做晚飯吃。

她開始買一些半熟的菜回家用鍋熱一下，她還買了一個湯鍋，週末的時候扔一根骨頭幾節蓮藕或者玉米進去就好，前段時間煮蛋器也到了，她說可以自己熬粥配雞蛋，終於有一頓像樣的早餐了，即使是煮泡麵，她也開始學會加一把青菜或者是切一根黃瓜了。

週五下班的時候，她會提前確認好週末是否有人陪她逛街，如果沒有，她會去家裡樓下的市場買好週末的菜，也會買好一堆愛吃的水果。說到吃水果這一點，她是絕對不會心疼自己的錢的，因為她說這是她喜歡的一部分，所以她願意花多一點錢，換取自己的一場高興。

平時遇上同事聚餐，她會習慣性地請服務生幫忙打包，說可以留著吃晚飯，或者回家煮麵的時候加菜，這樣又可以解決一頓了。

她開始上淘寶買一些漂亮的桌布，在床頭的櫃子鋪了一張蕾絲的白紗，週末的時候買一束百合，插在花瓶裡用水養著，不出意外的話，這一束花可以保持新鮮差不多兩個星期。

於是到週一來上班的時候，她會告訴我說今天不用噴香水了，家裡一屋子的花香。

她說這段話的時候，臉上的笑是很美的。

我要說的三個單身女孩的日常，已經說完了。

從第一年，到第三年，然後是第五年，她們就是最靠近我生活跟日常溝通的同伴，也是很多在離鄉背景外出工作的男男女女的同類，我也曾經是這當中的一份子。

曾經有段時間加班很累的時候，我心裡的奢望就是，要是這個時候給我一個休息的下午就好了，然後我可以躺在舒服的床上，任憑外面的天氣是烈日炎炎還是颳風下雨，我喝著茶聽著音樂，感覺天塌下來也不會害怕。

然後當我真的有這麼一段屬於自己的日子的時候，我開始明白，一開始是自由歡喜，然後覺得有點孤單，接著是懷疑自己是不是不會說話了，因為我經常一個人發呆，打開冰箱門有時候愣很久，好長一段時間感覺冷氣逼來才回過神。

整體來說，我是享受這樣的生活的，但是這句話在去年時，我還不敢說出來。這是我到深圳的第四年，比起以前想辦法找各種同學跟同事聚會，我現在更喜歡自己在家裡，沒有計劃就這麼荒廢著，高興的時候做一頓大餐，衝動的時候烤一些蛋糕，我還把各種豆子摻雜在一起，看看打出來的豆漿是什麼顏色的。當然，最安心的時候，還是坐在床上聽音樂看書，讀到傷感的故事也會任憑自己的眼淚就這麼留下來。有時候大姨媽來了，先提前煮好生薑紅糖水，然後看一部電影，有時候已經看過很多次的電影，這個時候居然會莫名其妙地號啕大哭，一開始很訝異，後來喝了一口紅糖水，我明白過來了，喔，這該死的荷爾蒙。

一個人住很可怕，一個人住也很舒心。

當然這一切的前提是，你要明白，從害怕到習慣，感覺孤獨的恐懼，然後開始想辦法拯救這種頹廢，接下來是享受這種一個人的狀態。這裡的每個步驟，缺一不可，你也無法躲避，無法跳過，只能學會一一接受，繼而一一改善。

所以對於一個人的日子，我的建議是，千萬不要讓自己餓著，那樣會徒生很多自我可憐的情緒，其次才是擺脫頹廢，避免更多的壞習慣產生，第三個階層，才是把日子過得好起來。

這兩年的時間裡，我陸續送走了一些離開深圳回家鄉的朋友。我會去以前喜歡去的地方吃一頓美食，看一場電影，吃一份甜點，然後幫忙收拾行李，目送他們離開這個讓人又愛又恨的大城市。

離別的時候也是傷感，他們總會告訴我，我不是不愛這裡，我已經盡力了，我沒辦法再有勇氣一個人堅持下去了，我很累。

有人把這一切歸咎於沒有找到另一半，還沒有組建家庭，但是我身邊也有已經升級為人妻人夫還有成為爸爸媽媽的朋友，他們並不是沒有煩惱，而是有了自己的家庭之後不再有時間跟空間喘息，可以讓他們可以靜下來思考一下自己是否孤獨這件事情。

所以我總告訴我的這些單身朋友，千萬不要奢望透過找到另一半組建家庭來解決這種孤獨感，甚至有時候我覺得這份單身生活是一份禮物。它教會我們享受到了自由的時候也得承受孤獨，它更教會了我們如何去舒緩這種孤獨並學會享受它。

我們生來都是一條魚，這個世界是一張很大很大的網，我們在這張可能是工作或是生活的網裡穿梭來去，以為會有很多同類在陪伴自己，其實很多時候我們都是獨自存在於這海洋中，朋友會來也會走，那個走近你生命的愛人不一定時時刻刻陪伴在你身邊，而且隨著時間推移，這種互相偎依也會在感情慢慢退化成親情的時候重回陌生，這個時候你還是孤獨一人。如果你這才發現自己是一條孤獨的魚兒，那會是一件很恐怖的事情。

與其後知後覺，不如就接受當下這份樂得自在的，屬於你一個人的日子。我們誰也不敢保證，將來你會恨極了這段回憶，還是會懷念這段回憶，所以千萬不要拿當前的這份心情，定義你對一個人過日子的感受。

對了，Y小姐已經找到另一半了，她以前很期盼有個人陪她一起生活，煲湯做飯，可是當這個人到來的時候，這些手藝她自己早就學會了。

Y小姐問，我現在一個人也可以過得很好了，在我最需要的時候他不出現，如果是這樣，那我跟他在一起的意義是什麼呢？我為什麼要跟他結婚呢？

我回答說，我們這樣倔強的女孩，如果真要讓我們決心嫁一人，一定是我們修煉到這個境界了：那就是我不是沒你不行，只是有你更好，僅此而已。

生活的神奇之處，不在於遇見了多少看對眼的人，而是有可能會遇見很多教會自己一些事的人，於是你開始學會反思，自己才是命運的主宰者，你獨立而不依附於別人，但是你也有資格去依靠那些值得依靠的人。

那些在大城市漂泊著的人，那些一人獨居的男男女女們，這些年你過得好不好？歲月有沒有改變你的模樣以及你的靈魂？

生活是自己的，與他人無關

有句話說：
「生活是自己的，與他人無關。」
明白了這一點，下一步要做的，
或許就像尼采說的那樣：
「對待生命不妨大膽冒進一點，
因為反正你要失去它。」

我的一個老同學畢業後回老家工作了，總跟我抱怨老家的工作和生活很無聊，說這些都不是她想要的，還告訴很多人她想換一份喜歡的工作，最好能夠發揮自己的專業優勢跟性格特點，在有生之年轟轟烈烈地做出一番成績。

一年後老同學找到我說：「再也不想待在家裡了，一定要走出去，接下來要跟家裡人溝通抗爭，然後考慮一下去深圳還是廣州發展。」我說：「那你就試試吧。」於是她來到了深圳，在離我不遠的地方租房找工作，也漸漸適應下來了。

又一年後這個老同學再次找到我，跟我說大城市太累了，她不再有想在工作上有什麼成就的理想了，只想穩穩當當的，希望身邊多一些聊得來的朋友，找一個合適的人結婚，然後有一個大大的院子。

但是這個時候的她又覺得家鄉回不去了，在大城市習慣了，回老家找不到合適的對象，而大城市的壓力又太大，她不想留在深圳，於是就這麼一直糾結，日復一日地憂愁。

終於有一天夜裡她跟我哭訴，為什麼她這些年裡每一次做的決定都有人支持也有人反對，可就是沒有人會死死地阻撓她？要是當初她爸媽堅決不讓她來大城市闖一闖，也不至於落到今天這個不上不下的地步了。

我回答她：「你這個邏輯很奇怪。第一，周圍的人哪怕是你的父母，大家都只能給你基本的參考建議，腳是長在你自己身上的，你要走到哪裡任何人都攔不住；第二，無論這些年裡，你跟多少人描述了你想要的人生，可是每一年你的期待都不斷變化，從來就沒有過一條明確的方向；第三，你自己想一想，你想要什麼樣的生活，你過得好與不好，跟我們有什麼關係呢？」

老同學聽完我這一段，突然開始情緒失控，說我的邏輯不對，她一心一意想要向別人證明自己是一個努力去生活的人，也是一個想努力把自己過好的人，所以她希望她身邊的我們這些人可以回饋和幫助她。

於是我回答她：「在我的原則裡，只有你自己把生活過好了，才真的達到了你要擁抱生活的目的，而且會順其自然地讓別人覺得你是一個很努力生活的人，別人也願意幫助你，但是這條思路反過來推論，就絕對行不通。」

今年過年的時候，她終於決定離開深圳，回老家去了。臨走前我幫她把行李收拾打包，一一寄回老家，最後的那段時間裡陪她去吃了幾家我們都很喜歡的餐廳，因為回到老家，就沒有這樣的餐廳會出現在我們那個小地方了。

最近她跟我說，自己找了一家公家機關上班，雖然也很無聊，但是她成立了一個社團，把跟自己年齡、興趣相同的人聚集起來，週末去郊遊烤肉，節慶假日的時候去外地旅行，生活也算有了一些亮點。比起剛畢業那年，雖然同是回到老家上班，但是如今這種狀態絕對是不一樣了。

我深深地為她感到高興。

前幾天我媽打電話給我，說家裡有個親戚的兒子現在還沒有女朋友，問我能不能幫忙介紹一下自己身邊的朋友。我要了這個男生的電話，結果發現就是國中時跟我同班的同學。

一邊想著這個世界真小，一邊跟這個男生聊起來，他問了我一句：「你們大城市裡是不是很好玩啊？我反正是不願意出去了，就一直待在家裡這個地方就好。」

這個男生的父母是我老家縣城某個局的主管，考大學那年，他父母建議他填報家鄉的大學，他們的意思是：「我們的人脈關係都在老家，你即使去外地讀書以後再回老家工作，還是需要我們這些人脈資源的，所以就沒有必要出去了吧。」

從那以後，我就跟這個男生失去了聯繫。如今隔了七年重新聯繫上，當他知道我是他媽媽透過親戚傳話，請我幫忙介紹女朋友的時候，他第一時間就表達出了拒絕的意思，我問他為什麼？他說：「你在外地工作，你身邊的朋友也應該是眼光很高的人，我覺得自己配不上。」

我解釋說：「我也有朋友現在是在老家上班的，你們的情況應該差不多。」

男生又說：「我現在想找個學歷比我低一點的，這樣我覺得比較有面子一些。」

我於是問說：「那這些年來你找到合適的了嗎？」

男生回答說：「我找過一些比我學歷低的，但發現性格合不來，也沒有共同的話題，我也試過找一些年紀比我小的，但是我發現她們不願意找我這個年紀的人，她們更喜歡跟同齡的人談戀愛，要嘛就是嫁給有錢的大叔，而我這麼一個不上不下的年紀跟狀態，就一直拖到了今天。」

以前上學時，我和他是前後排，每一次數學考試他都完成得很快，而且很少出錯。那個時候他跟我說希望自己以後當一個很酷的程式師，寫出各種好玩的產品，讓別人用得開心，自己也會有成就感。

就是這麼一個有理想抱負的人，從考上高中那一年開始聽從父母的建議，舒舒服服地接受父母的照顧，上大學也得到父母的一些熟人關照，畢業後理所當然地到了某個公家機關工作，順風順水。

而跟他一般年紀的同學如我，從國中就離開父母住在學校裡，然後考上外地高中，外地大學，然後到深圳工作，每一個轉折都離我的家鄉越來越遠，離我的父母越來越遠。這十幾年的日子裡，很多時候我都會自己悄悄一個人窩在被子裡寫日記抱怨：我為什麼沒有這個男生那麼好的家境，為什麼沒有他父母那麼好的人脈資源，為什麼要一個人在這條路上迷茫害怕而又必須裝作堅強，為自己的每一個分岔路作出選擇，沒有人幫我，更沒有人告訴我該怎麼辦。

這麼多年過去了，如今這個男生告訴我，他的父母前年退休了，買了房子給他，等他把妻子娶進門，樂享天倫之樂。這個時候他卻始終找不到合適的人，即使在老家這個地方，有房有車，父母在公家機關上班，但他喜歡的女孩不在乎這些，那些在乎這些的女孩他又不喜歡。同齡的異性大多結婚了，或者是跟我一樣到外地來發展了，於是他就一個人拖到了現在。

我問男生：「你爸媽這幾十年來那麼多人際關係，應該會有長輩替你介紹吧？」

他回答說：「說句實話，我爸媽前年剛退休，那年過年家裡就沒有熟人來串門了，要知道以前每個節慶假日都有很多人來送禮的。人情冷暖，物是人非了。」

我回話說：「那你也是很幸運的，至少你的父母在這些年裡為你鋪了一條很平穩的路。」

男生發來了一個無奈的表情，說：「我現在已經不想去糾結父母的問題了，他們為我做的這一切看上去費心費力，但是如今的我卻沒有半點感激之情，當然我不會因此就否認他們為我付出的一切，我只是恨自己當年太聽話，太享受他們提供給我的安逸了，如今我的享受到了盡頭，是該付出代價的時候了。」

我說：「不需要這麼悲觀，你如今各方面的條件也很好，你的父母是功不可沒的，你現在要做的，就是在他們為你創造的這些條件下，為自己規劃一條更好的路。」

男生於是馬上問我：「那你告訴我該怎麼辦？」

我回覆了一句：「你聽了你父母十多年的話，下一個做決定的應該是你自己，而不是去問我或者是別人。」

我們的對話就到這裡結束了。

其實我很想告訴這個男生，我前面說的那個女同學的故事，告訴他也可以跟那個女孩一樣，尋找到志同道合的朋友，說不定在那個圈子裡就能遇上自己未來的另一半。

可是我終究不願意提起，我害怕他接下來會問我怎麼才能像那個女同學一樣建立一個社群，害怕他像這十幾年聽從他父母的建議一樣完全採納我的意見。他後面的路過得好與不好，跟我一點關係也沒有，所以我不願意告訴他這些。

昨天夜裡我在朋友圈看到他的一句狀態：「所有你們不相信的事情我都要一一地去做一遍，親自體驗一下不可理喻的成功，或早已註定的失敗。」

有句話說：「生活是自己的，與他人無關。」明白了這一點，下一步要做的，或許就像尼采說的那樣：「對待生命不妨大膽冒進一點，因為好歹你要失去它。」

合群是件很危險的事情

這個世界裡每個人都很忙，
每個人都在全力以赴地活著，
他們沒有義務解答你的迷茫與困惑，
如果哪一天你遇上一個
願意跟你分享半點過來經驗的人，
那他一定是看到了你身上跟他相似的部分。

我曾經陷入一個奇怪的生活圈。

剛進大學那一年，我一直覺得比自己大一屆的學長學姊並不友好，或者是那個時候的自己不夠開朗聰明，或者是不夠漂亮招人喜歡，或者是沒什麼出眾的才華讓人留下好印象，我一向是個很愛跟人請教的人，但是僅僅止於小型場合，所以我都私下跟他們簡訊留言，表達出我自己的迷茫，比如大學四年該如何安排，選修課該怎麼挑，遇到出去採訪實習跟上課有衝突了怎麼辦。但是他們從來不會給我答案，好一些的會給一些禮貌性的鼓勵，僅此而已。

那段時間我很受傷，一是覺得這個世界很不和善，周圍回饋給我的都是負能量，那個時候的我自己在心裡暗暗發誓，等我自己上了高年級了，我一定會把自己的心得體會分享給學弟學妹，這樣可以讓他們少走一些彎路。我告訴自己，一定不要成為像我現在的高年級前輩那樣「冷漠」的人。

可是接下來的日子，我發現我錯了。

我開始了解，大學的低年級跟高年級除了課程上的差別以外，在思想跟價值觀方面是沒有多大差別的，也就是說，你不能因為別人比你高一個年級就覺得別人懂的一定比你多，也許他們自己的價值觀還沒形成，又怎麼能夠教導你這樣一個跟他差不多的小妹妹呢？

有些人大學四年下來感覺什麼也沒學到，而有些人進入大學或者在大學以前就已經有自己的規劃了，比如說隔壁班一個溫州的男孩，從小就受到父母經商的影響，當我們還在奔波於入學軍訓的時候，他已經想辦法找學校外面的資源，跟別人學習金融炒股證券的實操知識，等我們大學畢業忙著找工作的時候他已經到上海的一家證券公司工作，然後到世界各地出差了。

我用這個例子並不是說畢業後錢賺的多就是一個混得好的標誌，我想表達的是，大學四年的時光裡，很多時候是不能拿你是低年級或者高年級去衡量的，而是應該拿一個人的格局跟視野來衡量，這也是如今我想來最遺憾的事情。

我曾經請教過一個前輩，說大學裡除了學業之外您最想給的建議是什麼？他的回答是，你要跳出同類人的格局去看問題，比如身邊很多人考研究所，你要想想這件事情對不對；比如很多人忙著兼差打工，你要看看這件事有沒有意義；比如同樣是去圖書館看書，你挑的書跟別人的會不會太相似了？

他還告訴我，你千萬不能和身邊的人相同，因為一旦同類了，那你將來也會跟他們一樣走同樣的一條路，這條路不至於糟糕，而且有時候還不錯，但是這也就意味著這條路肯定不是最精彩的那條，你要記著，合群很多時候是件危險的事情。

可惜聽到這個觀點的時候我已經畢業整整三年了，已經回不去了，於是我把以前錯過的東西運用在職場上。

我畢業後進的第一家公司是個大集團，正規全面培訓到位，我也跟很多應屆畢業生一樣開始從最基礎的工作學起。但是不到三個月的時間，也就是試用期還沒結束的時候，我就覺得這種狀態不對，因為除了人力資源部門的人每天為我們講解公司的相關事宜以外，剩下的事情全交給了帶我的前輩。他是基於工作責任教我基礎的流程，除此之外，就再也沒有人在工作上跟我探討過了。

於是我開始自己想辦法，公司中午提供午飯，一份午飯的量很大，女生們一般都會兩個人共吃一份。有一天一個資深同事說跟自己共享午餐的那個女孩調到北京去了，她落單了，我提出說不然我跟你一起吧。

於是每個中午我們都會固定地找吃飯的桌子，挑她喜歡吃的菜，我偶爾會自己熬一個湯或者帶一份水果到公司。這位同事是深圳本地人，跟她共餐的這段時間裡，她告訴我關於租房關於週末吃喝玩樂一切我想要的資訊，當我每天憂鬱著要剪出十幾集電視劇而頭疼的時候，她兩三下就幫我完成了一半的工作量。

試用期後轉正式職的時候需要面試考核，每個部門會派一個資深同事代表進行提問，有天中午吃飯，這位同事邊吃邊問我，你明天想回答些什麼呢？

我說什麼意思？

她說明天我是你的主考官，你想要我問你什麼問題呢？

我隨便說了幾個我自己很感興趣也很擅長的話題，然後回答說如果你明天能夠集中在這些問題上就最好了。

第二天轉正面試，果然如我想像中的那些問題，結果順利而過。

有了第一次經驗後，我開始覺得這個想法是對的，在接下來的工作裡，我申請轉換部門，重新劃分我的工作職責，然後嘗試著自己負責每個月的電影電視劇包裝主題，這些都是我自己爭取來的。我當時心想，既然沒有人告訴我可以這麼做，也就意味著這麼做也不一定有錯，那我就試試好了。我發現這個想法讓我的工作狀態得到了很大的進步。

也是到現在，我開始慢慢悟出一點東西。

身為一個職場新人，既然什麼都不懂，那就意味著一般錯誤都是值得原諒的。當然前提是你不能犯一些很低級的錯誤，比如隨便把工作室的機器毀壞或者把資料庫的資料亂搞一通。

我漸漸明白，要在平淡的格局中打破常規做一點事情。這一點是我特別喜歡跟九〇後的孩子當同事的原因，在我們這樣一個比較正規的公司裡，很多制度流程都是系統化的，每一批新員工進來的時候接受的都是中規中矩的企業文化。但是九〇後的同事就不一樣了，他們更加大膽，更加有創意，也更加肆無忌憚。有時候我覺得這種肆無忌憚是很有用的，比如說公司的尾牙他們不想要很老土的酒會，於是提出做像綜藝節目的廚藝跟才藝比拼。

再比如說每到公司需要加班或者節慶假日值班的時候，他們總是第一時間跳出來，請人力資源部門公佈加班調休或者付加班薪資的公告。要知道我們這些老人是絕對不好意思提出來的，可是九〇後的小孩就做得出來，而且理直氣壯。這一刻我真心覺得，世界就應該是他們的，也是因為有了他們的推陳出新，我的狀態才能一直跟得上新鮮的節奏。

也是因為這樣，在我第二份工作的時候，我身邊都是九〇後的同事，跟他們在一起，我會吸收他們身上特立獨行的優勢，同時也會保持我自身理性穩重、控制全場的優勢，這樣的結合也是最適合我的。

當我需要招一個助理的時候，我向人事部門提出的需求，就是能夠跟我一樣神經兮兮又傻裡傻氣無節操，也能夠跟我一樣高端大氣上檔次，當然這只是一個好玩的形容說法，但是我需要的人的確是這樣的。

我用了快四年的時間，讓別人認可我，覺得我是一個有意思的人，是一個好玩的人。

要知道當年剛入職場的我，肯定不知道未來的職業狀態是什麼樣的，我心裡有過很多掙扎，希望自己能夠像杜拉拉那樣樂觀進取（註1），又希望像我的主管那樣做一個八面玲瓏的人，還希望能夠像業務部門的老大那樣成為一個什麼都懂一點，什麼都能聊一些故事出來的全能型人物。可是我發現這些年下來，我根本不可能成為他們那樣的人，因為成為他們當中的任何一個，都是有風險的，而這種風險是我所不願意接受的。

比如說杜拉拉陷入了職場戀情，我的主管太過於精明讓我覺得不夠真實，業務部門的老大沒日沒夜都在研究客戶的各種喜好跟八卦，這些事情我都不感興趣。不如回到我自己的節奏，做一個接地氣的專業人士，一個不那麼專業的專業人士。

最近我收到的留言跟私訊越來越多，很多人問我這該怎麼辦那該怎麼辦。遇上這種提問，我是萬萬不敢回答的，因為我根本不知道提問人過去有什麼經歷，如今處於一個什麼樣的狀態。

註1　杜拉拉：中國知名小說《杜拉拉升職記》當中的主角，從一個懵懂的職場新人，憑著本事及本分躍升為成熟女白領，是許多年輕人的學習榜樣。

很多人之所以不願意解答你的問題，一是可能你的提問方式不對，他們不瞭解你真正的需求；二是可能你遇到的問題他也遇到過，但他度過了那個階段之後又迎來了新一階段的問題，他的精力已經集中在當前的問題上了，沒時間去思考你如今的迷茫；第三就是你要明白一點，不是所有比你年紀大的人就值得去請教的，有些人投入職場可能很多年還是最初的那個狀態，而有些比你年輕的人也有很多優秀跟出眾的地方學習。遇上這種情況，只需要對那些年長的同事表示基本的尊重就可以了，剩下的精力要集中在那些值得你嚮往的人身上，而這一點的判斷絕對是跟年齡沒有半點關係的。

這半年算是我成長跟進步很大的半年，我透過各種機緣遇上了很多大叔跟大姐，我發現我的價值觀一點點被顛覆了，當我剛剛接受一個前輩告訴我的觀點的時候，我又被另外一個前輩的觀點征服了，於是原來的那一層觀點又被推翻了，這樣的事情經歷過好幾回。

一開始我很痛苦，我發現每個人告訴我的事情不一樣，我不知道該怎麼辦，後來有天夜裡我細細琢磨了一件事情，前輩跟前輩之間也是有差別的呀！段位不同，經歷不同，格局自然也就不同，他們總是願意跟我分享他們那個階段的感悟，而我身為一個接受者，我接受著各家的言論，看似是一件很亂的事情，其實這才是最好的狀態，因為我能從這些價值觀不同的論斷中找尋相同的地方。比如說要早日做好自己的職業規劃，要早日找到自己喜歡跟擅長做的事情，要有勇氣去接受一件新鮮事情，還有就是要找到自己與這個世界的連接點。

這個連接點不是你的一份工作，不是你的幾個朋友，而是你呈現出來的個人品牌精神，比如我們說PPT達人你會想起身邊的誰，出去遊玩的時候想起誰比較擅長推薦景點，需要寫一篇演講稿的時候可以找到某個人，還有主持一場宴會的時候第一時間跳出來的人選是誰……，這些擅長某個領域的達人，就是他們的個人標籤的一部分。好比說在我的幾個好友群裡，但凡遇上迷茫之事找誰？肯定是我，我從來不會說一些無用的道理，我只說能夠說服我自己的字字句句，這些話他們都愛聽。

也就是說，當你擁有了這個技能的時候，你這一輩子就不會擔心沒有飯吃，你就不會擔心自己活不下去。這個你的專長標籤，就是你存活於這個世上很重要的力量來源。

我的閨蜜L小姐非常會拍照，即使她沒有專業的設備只用手機拍出來的圖片也很有感覺，我跟她說有一天你開一個如何拍出大片既視感的分享課程（註２），也一定會有很多人願意參加的。

我的一個前同事是個喜歡寫歌唱歌的女孩，每次她都開玩笑叮囑我們「你要對我好一點，說不定我哪一天會紅起來的哦」，然後我們一堆人就笑說「你先把自己養飽再說吧」。可是每次看她在朋友圈上傳她自創的歌曲，我都會認真地聽著，也會覺得清新舒服，要是哪一天她成為了一個獨立音樂人，那也是再正常不過的事情。

這個世界上總有不擅長某一方面的人，希望透過身邊真實的人的感染，來完善自己所期待的這一部分，更何況是在網路這個時代裡，人與人之間的連接要比十年前進步了無數倍，所以每一個人所擅長的部分有一天也會放光的。

然而落地到現實裡，有些人可能追尋一輩子也不知道自己的專長是什麼，或者即使有些人很有才華但是自己終究沒發現，也沒有一個引路人。而有些幸運的人卻是很早就明白了自己想要的是什麼，這一部分人是我最羨慕跟嚮往的，但是我從來不去強迫自己一定要在什麼年紀也一定要像他們那樣發現自己的長才，這件事情需要自身的努力，更需要機運。

這個世界裡每個人都很忙，每個人都在全力以赴地活著，他們沒有義務解答你的迷茫與困惑，更沒有必要幫你規劃你人生裡的每一個決定該怎麼做，不是因為他們無情，而是每個人在解決自己的人生問題上已經投入了很多的精力，如果哪一天你遇上一個願意跟你分享半點過來經驗的人，那他一定是看到了你身上跟他相似的部分，他願意告訴你一些可以參考的答案，僅此而已。

如今我依然是個很迷茫的人，我寧可每天思考多一點慢慢悟一些道理出來，這些道理有過來人的經驗，更多的是我自己揉碎了重建的價值觀。我不會跟別人抱怨我的遭遇，因為我發現那些跟我一樣迷茫的人已經在行動的路上了，我再不趕路，就趕不上了。

註2 既視感：似曾相似的感覺。此處「拍出大片既視感」，指拍出與大螢幕電影相似的影片。

真正的榜樣力量

Landy白了我一眼說，
你別笑我膚淺，
我是有夢想，
但是我更看重別人的勵志故事
跟我自己的契合度，
否則說多了也無用。

有天下班回家，走在回家的路上，我的小助理Landy說自己的薪水不是很高，在深圳這個城市很有壓力，但是還不想那麼快就回老家，於是這種糾結的狀態一直困擾著她。

本來我的出發點，就是想拿自己做例子，剛進職場的前幾年都是薪水不高，但是需要慢慢累積這一類的大話安慰她，但是我仔細回想了一下我當年剛進職場的時候，那一丁點的薪資也是壓得我喘不過氣來，我身邊也有前輩鼓勵我，說小令你要堅持，剛開始就是這樣子的，熬過去就好了。

回到Landy小姐的問題，我不想用那些大道理來安慰她，於是我想到了之前看過的朋友圈裡非常火紅的一篇文章，小川叔的那篇《三十歲那年，我的夢想是年薪十萬》一文，但是找不到原文了，於是我叫Landy回去自己找找看。我當時說快了，說成了《三十歲那年，我的夢想是年薪百萬》，自己也沒發現。

第二天一早，我問Landy有沒有找到我昨天說的那篇文章，她說還沒找呢，我說為什麼呢，一下子也就看完了，然後我還笑說，說不定你都不用到三十歲，就已經年薪十萬了呢！

這時候Landy跳起來衝著我說，不對啊，你昨天跟我說的是年薪百萬，怎麼這會就變成十萬了呢？早知道文章說的是年薪十萬的事情，我早就跑去看了。

這時候我才恍然，昨天說錯了話。

我繼續問她，如果這篇文章說的就是年薪百萬的故事，你是不是就直接忽略我的建議，連看都不看了呢？

Landy很嚴肅地看著我，然後回答，是的。

我問，那原因呢？

她馬上回話說，我不是覺得自己沒有年薪百萬的命，但是我是一個實際的人，從我目前的出身環境、畢業學校、所學專業，結合目前這家公司的職業發展規劃，如何讓我三十歲以前達到年薪十萬這件事情，我覺得是有參考意義的，但是你說三十歲年薪百萬，或許對於別人而言有這可能，但對我而言就是不接地氣的，這樣的文章，不看也罷。

我笑著點點頭。

Landy白了我一眼說，你別笑話我膚淺，我是有夢想，但是我更看重別人的勵志故事跟我自己的契合度，否則說多了也無用。

我想起了自己以前上大學的時候，看過一期《魯豫有約》採訪打工皇帝唐駿的專題。起初會關注唐駿，就是當年看到新華都集團以十億元挖角聘請唐駿擔任集團總裁兼CEO，這種身價無疑成為了中國商業經理人的標竿。

可是當年的我，身為一個學大眾傳播的學生，居然沒有意識到媒體對於包裝跟放大一件事情或者一個人的光芒的作用，於是在接下來的大學日子裡，我又相繼看了很多其他經理人的勵志故事，滿懷信心地鼓勵自己，以後走進職場也要像他們那樣，努力拼搏，爭取升職加薪。

結果還沒等我進入職場，我在報社當實習記者去跑新聞的時候，就發現了這個想法的錯誤，那些我採訪的企業家或者管理者，無一不是一步一步慢慢在職場中磨練出來的，甚至還有一個企業家在四十歲的時候還在公家機關喝茶上班無聊，後來才南下到深圳，在工廠工作，然後累積資源，開始走上所謂的改變命運的道路。

當生活的真相一一被揭穿，那種難過的感覺無法用言語形容，因為已經不光是難過的問題，甚至涉及一種信仰的崩塌。

關於榜樣這個問題，我還能舉出很多例子，比如說我大學時很喜歡柴靜（註1），當然現在也很喜歡，只是那個時候的自己希望也能做深度報導一類的記者角色。但是後來我不想選這條路了，因為見到了太多陰暗面的東西，柴靜可以抽煙失眠緩解自己，我不行。

比如說，當年我也很喜歡一些高階經理人寫的勵志書籍，結果我就跟現在很多迷茫的小孩一樣，聽過很多大道理，卻依然過不好這一生。當時的我不知道，別人的話可以聽，但是自己的路要自己走。我一度認為，只要我跟他們一樣考

註1　柴靜：為中國知名主持人、記者，以深入新聞前線及具批判性的調查而聞名。二〇一五年拍攝並推出空氣污染調查紀錄片《穹頂之下》，獲得廣大迴響。

好的大學，學好的專業，工作中也拼命努力，我也應該成為他們那樣的人才對。

我難過的是，後來我才聽到關於「生活的真相」這個邏輯，最經典的就是巴菲特的那個故事，原話是：股神巴菲特的自傳只會告訴你他八歲就參觀了紐約證券交易所，但不會告訴你是他國會議員的父親帶他去的，是高盛的董事接待的（註2）。

至於其他的，我一一看下來：華人首富李嘉誠的自傳不會告訴你他娶了自己的富豪表妹莊月明，靠舅父的家族企業發展起來的，他透過塑膠花賺的第一桶金來自他舅父的資金支持；比爾．蓋茨的書不會告訴你他母親是ＩＢＭ的董事，是她幫兒子促成第一筆大生意；華為的任正非不會告訴你其岳父曾任四川省副省長；騰訊的馬化騰不會告訴你他的父親是鹽田港上市公司董事，騰訊的第一筆投資來自李澤楷，而李澤楷與鹽田港母公司是什麼關係無需多說。

當年的我，看著這些大部分經過精緻包裝的故事，一度陷入迷茫。

我一直都知道，沒有人會隨隨便便成功，只是那時候的自己年紀小，願意相信這個榜樣的故事去激勵自己。如今走進社會走進職場，明白這些真相後，我花了好長一段時間調節自己，讓自己不至於落入自暴自棄的天地，然後還得為自己已經碎去的三觀再次重建新的信仰體系（註3），從想要改變世界的夢想，漸漸明白，來這人世間一場，「成為更好的自己」這一句狗血的勵志句子才是我自己最大的難題跟使命。

也是這樣，我終於明白了Landy說的那番話的邏輯，真正榜樣的力量在於，他是一個看得見的偶像，看到他最真實的生活及職場經歷的一面，並且這樣的經歷跟你自己的當下有類似之處，你可以參考他的人生大概複製出一條屬於你自己的路。否則，他就是神，神是用來敬仰用來感慨的，用來供奉用來羨慕嫉恨的，這樣的人，看看也就算了。

去年，我參加很多分享會，有些涉及我們年輕人如何在職場跟生活中獲得成長的議題。有一次，一個分享者聊起了自己每週會固定看多少本書並且會做讀書筆記，這個觀點我一直認同並且也在持續進行，後來我看到這個分享者的微博下面有人留言，大概意思就是，我聽了你的分享會，也堅持每週都看一本書，

註2　高盛：Goldman Sachs，跨國銀行控股公司集團，為《財富（Fortune）》雜誌評選的美國財富五百強企業之一，總部位於美國紐約。

註3　三觀：人生觀、價值觀、世界觀。

但是我家人一直說我晚上不願意照顧剛出生的寶寶，我是聽你的話了呀，可是他們都不理解我。

還有個男生也在這個分享者的微博下留言，說自己老婆參加了分享會以後，晚上吃了飯就不做家事了，拼了命地逼自己寫東西、看書，家裡有老人生病了也不幫忙照顧，並且信誓旦旦說要活出自己的人生，不能被閒雜的事情影響。

每每看到這樣的事情，我總是哭笑不得，一是覺得那些勵志每天要活出自己的人，你不知道你的那些偶像家裡是有保姆有管家幫自己負責家務事一類的嗎？他們每天休閒看書的時候對他們而言是一種放鬆，而放到你身上就是每天的任務所在，並且還得跟家人抗爭不能讓其影響你。

二是，崇拜偶像這個事情大部分也是當下的媒體包裝出來的，要知道當年明星圈裡高貴冷豔的時代已經過去了，網路時代自黑如楊冪（註4），接地氣如黃曉明調侃自己的「鬧太套」（註5），不僅瞬間讓人從討厭變成不討厭、不討厭變成喜歡，外加還讓自己的幽默也成了一種形象塑造的手段。

隨著遇見的人越多，我開始學會「私人訂製」似地去尋找偶像榜樣，然後找自己可以用的那部分來完善自己，至於有些人天生所擁有的天賦或者條件，我也不會去糾結，畢竟很多時候，任何人的成功或者別人眼中的光鮮，依舊是如同飲水，冷暖自知罷了。

有人因為我的碎碎叨叨而覺得我清新又真實，也是因為我也不過就是這離鄉背景外出工作一族中，每天苦哈哈擠著地鐵伸著脖子等著公車的一個女生，所以對於跟我同齡的人所思考的迷茫跟難處，才會體會得那麼深。

我一直覺得總有一天，自己一定能過上好日子，有牛奶有麵包有大大的房子。但是我覺得那個時候的自己，也依舊不會是一個高不可攀的女孩，因為我在自己有所成就之前，已經把這些情況都思考了一遍，即使哪天不小心發了財，我一定會是那個不驚喜也不慌張，把錢存起來，哪天高興了就飛去某個小島看看，太陽落山了就回來的人，然後這件事情也不需要告訴別人。

可惜的是，這樣的同類中人，我尋找了很久，那些很厲害的人忙碌得沒有時間沒有心情跟我分享，那些小有名氣的身邊同學已經開始包裝自己去混圈子去混人脈，也離我原來越遠了。

註4　黑：網路流行用語，指討厭、說壞話。「自黑」指的是開玩笑似地自己嘲笑自己、自己說自己壞話。

註5　鬧太套：黃曉明某次演唱英文歌時，將「not at all」發音為「鬧太套」，遭到網友調侃，從此也成為網路流行用語，指許多明星為了顯示自己的與眾不同卻弄巧成拙。

每次孤獨的時候，我總是問自己，為什麼就不能來一個可靠的人在我身邊？
於是我只能選擇在這個角落裡，悄悄地說一點感悟，然後偶有人贊同偶有人反對。這個時候，突然有個女孩跟我說，很喜歡你，感覺你就像在我身邊一樣。
嗯，我一直都在呢。

逃離別人的二手世界

自己去證明自己的答案，
這個證明跟別人無關，
是我自己心裡的一個假設，
這個證明跟別人的答案也無關，
因為我的答案跟別人不一樣。

在我去大理之前，很多人囑咐我要不找個朋友一起去，這樣兩個人有個伴，住宿也划算，而且也有個人幫你拍照。我回答說，以前我從來沒有試過一個人走在路上，所以這一次我就試一試吧。

還有人叮囑我說，那你工作的事情怎麼辦呢？你要不要先保留著現在這一份工作的職位，實在不行你可以先找好下一份工作，有保障了再出去，要知道裸辭是件很危險的事情啊（註），你要做好心理準備……。

這一次我終於不再願意回答他們了。

註 裸辭：指尚未找到下一份工作或是其他計畫便辭職。

大學畢業到深圳參加工作第一年，跟我一起進公司的同事M工作不到一年就裸辭去旅行了，我當時也很擔心他會不會沒有飯吃，旅行回來後如果不能重新適應職場環境怎麼辦？兩個月之後，同事M從西藏回來了，變成一個又瘦又黑的男人，我笑說你去西藏把信仰找回來了嗎？他說別聽那些人鬼扯，他只是想去玩一趟，不搞那些文青的高尚玩意。

一段時間後，同事M找到了新的工作，然後繼續上下班，偶爾跟我一起吃飯聊天。我告訴他，我一直擔心他要是去旅行了沒錢吃飯了怎麼辦？他笑著回答說，他自己掂量著有多少存款，心裡大概會有一個數，差不多了就回來了，也不會像別人那樣手頭拮据地過著窮遊流浪的生活，那就失去旅行的意義了。

我點頭稱是。

後來的這幾年，同事M每年都會休一次年假加調休的日子，然後挑一個自己喜歡的地方出遊，雖然時間不長，但每次都很盡興，這是我羨慕他的地方。

我聽過很多人的疑問，從很小的問題，比如去什麼地方比較好玩？到很大的問題，比如旅行的時間和錢從哪裡來？我看過很多的建議跟回答，但是沒有一個感動到我，也沒有一個能恐嚇到我，因為我是個注重身歷其境的人，你告訴我那個地方很美但是我沒有去過，所以我沒有感覺，你告訴我說出去遊玩很花錢還很不安全，我自己還沒開始嘗試過，所以我也不會被嚇得就此不敢出門了。我用了很多年說服自己一件事情，那就是自己去證明自己的答案，這個證明跟別人無關，是我自己心裡的一個假設，這個證明跟別人的答案也無關，因為我的答案跟別人不一樣。

我工作的第一任主管應該算是我職場的第一個貴人，他是個幽默風趣的主管，工作上認真細緻但是也不忘了適當調節我們的心情，他教會了我很多需要注意的細節，這種經驗不光是工作上的技巧，更需要心態上的平衡跟調適。

他說我的性格比較沉穩，所以在大環境中可以多做輔助性的工作。我說除了企劃的工作之外我還想接觸一些別的工作，於是他就安排我協助業務部門處理一些商務溝通上的事情。後來我說自己不擅長跟數字打交道，這會占據我很多精力，於是他就把資料統籌的這一部分工作交給了另外一個感興趣的同事。

有一次我跟他說我不擅長在會議上表現自己怎麼辦？他囑咐我說，那你就把每個月做的工作一一羅列，然後發e-mail寄給主管。他還叮囑我，在職場上如果你不擅長鋒芒畢露，那你就用隱晦的方式來證明自己，但是要把握好關鍵點。在這三年時光裡，我從一個懵懂的玻璃心女娃慢慢磨練成了女漢子，看到這裡，你肯定也覺得，我會非常感激他，嗯，我心裡也是這樣想的。

但我還是決定辭職了。主管問我原因，我解釋說跟公司沒關係，這裡很好，但是我想往網路方向試一試，這也符合我三年的職場規劃，主管這個時候突然變得很嚴肅，然後說了一段我至今都忘不了的話。

他說：「我以過來人的經驗告訴你，女孩子不需要太拼，你大學畢業就來到了這麼好的公司，這裡的環境福利什麼的都是別的地方所不能比的，而且你看看跟你一起進公司的這批女孩，基本上都已經結婚還有些已經懷孕待產了，你聽我的話，就在這裡安心地上班，過幾年結婚生子什麼的公司的待遇都很好，你要是錯過這裡，以後就沒有這麼好的福利了。」

我回家想了一夜，突然想到一個問題：如果十年後我還在這裡待著，我會是什麼樣子呢？

第二天早上我去公司上班，看到隔壁一個大姐在擦桌子，洗了好幾次抹布，我問她為什麼要整理得這麼乾淨啊，清潔阿姨不是每天都來整理嗎？大姐說這個桌子我得用好久，我還有二十多年才退休呢！

隔天早上，我就把辭職書遞了上去，這一次主管怎麼勸我，我都始終不出聲。過了很長一段時間後，我跟前同事們聚餐吃飯，他們問我為什麼要走，我說在一份工作上要走的最大理由，就是看公司周圍資歷比你深的同事是什麼樣子，那你就知道該不該留下來了。

我閨蜜去年從國外回來到老家的市區上班，有親戚知道了以後就唸她，當年就說了別去國外念書工作，再好的地方都不如自己家裡，你看現在不也是回來了嗎？

閨蜜心裡很不舒服，但是也不能反駁自己家的親戚，於是找我訴苦。我安慰她，你自己認真想一想，要是當年沒有出國留學，沒有在國外生活一段時間就直接回老家工作，那個你跟現在的你會是一樣的嗎？

閨蜜默不出聲，就這麼思索著。

說到這個閨蜜，她從小到大跟父母的關係都不好，感情比較淡，後來上高中開始她就很不喜歡回家，到了大學以後即使是寒暑假也找各種藉口在外，就是不願意回去，她覺得那個家讓她很不快樂。

當年跟她在高中宿舍睡上下鋪的時候，她就告訴我此生的願望就是盡自己所能，離家有多遠就多遠，於是她就真的出國了，在國外談了幾場異國戀，認識了很多其他國家各種不同價值觀的同事和朋友，她開始明白人生有很多種活法，自己並不是世界上最可憐的那個小孩，父母也有自己的無奈，但是身為子女，她是可以盡自己的能力去改善這個家庭的。

於是幾年後，她終於願意回家了，如今她的狀態就是，每天都會跟她的父母各種拌嘴，偶爾吵一下，但是不再像以前那樣歇斯底里和無理取鬧，她開始明白這也是一種正常的生活狀態。

如今伴隨著我寫的文章，每天留言給我的人很多，每個夜裡看著一段段留言的時候，我的記憶裡會穿越回很多年前的那個自己，我也有無數的問題跟迷茫，不知道從何說起，也不知道找誰來說，直到如今我才慢慢接受這一點，我們這一生都是伴隨著問題而來，誰都逃避不了，只是每一個階段的問題、狀態不一樣而已。

曾經有一段時間我很討厭自己，因為我就是別人眼中那種想太多的人，而這種人被別人定義為「你的問題主要在於讀書不多而想得太多」。這個評價讓我一度很恐慌，於是我聽從別人的建議試著去改變些什麼，比如多看書、多認識人、多看看外面的世界，但是後來我又發現，這一層理解力上的問題解決了，那麼進步到另一層格局的時候，對應的問題又來了不是嗎？

我開始不去接受那麼多外界的資訊，我試著去整理自己所能解決的問題，以及為這個問題所要承擔的代價。

比如我選擇留在深圳這個城市裡生活，就告訴自己需要適應這裡的種種一切，無論是它的好與壞。更重要的是我開始學會了慢慢運用它好的那一部分，比如說大熔爐的環境能遇上天南海北的人；比如說便利的設施能夠讓我半夜也能隨時找到一家可以吃飯的地方；比如下雨天出門用手機就能叫車去接一個很重要的朋友。

至於別人說大城市裡壓力很大，你最好回老家來，你該找一份安穩的工作，你該省一些錢少跟朋友吃飯，你該節省一些要買間房子給自己，你出去旅行應該先去熟悉一下別人的攻略，這樣能把每一個景點都玩過一遍才不浪費錢，更有人說你還是別去旅行了，萬一回來找不到新的工作怎麼辦？

我上個月決定放自己一個多月的假，告訴別人我就要任性地去別的地方曬曬太陽。如今我終於可以說一句，那些覺得旅行歸來什麼都沒有改變，不能重新適應的人，幸虧不是我，也不會是我，因為我開始明白，我身為一個表面上的乖乖女，這些年的光景裡每一個選擇無一不是說服了我自己才付諸行動的，我為自己的選擇負責，也承擔一切後果。我也不知道自己將來的路走得怎樣，我一樣忐忑不安，但是至少沒有那麼慌張了。

前天我媽打電話給我，說在老家工作的小學同學海洋最近忙著相親，但是因為家鄉那些男生基本上都是不合適的，所以一直拖到現在也沒轍，海洋媽媽快急瘋了，問我怎麼辦？

我回覆說，一是我現在的人際關係都在深圳，老家的熟人我已經沒有多少了，這點我真的幫不上忙；二是如果當年我聽從了你的話留在老家，那現在操心的人應該是你了吧。

晚上我跟海洋聊天，她說我已經不知道怎麼辦了，大城市的節奏無法適應，可是老家這個地方實在是找不到聊得上的男生，更別說是合適對眼的了。

然後她問我，如果是你，會怎麼解決這個問題？

我回答說，我在知道這個問題出現之前，就告訴自己用另一種解決方式來避免這種後果出現了，所以我沒想過自己會遇上這樣的難題，我也不能給你答案。

人生中，很多問題是可以解決的，但是更多的問題是無解的，在我的價值觀裡，我寧可選擇每天多一點忙碌，多一點思考，用以解決那些可以找到答案的問題，我也不願意享受一時安逸而走進死胡同的狀態。就像我閨蜜說的那一句，如果這一生可以真的幸福，那麼我希望自己能夠老有所成。

同一條路上，有人看到的是風景，有人看到的是吵鬧，還有人覺得騎自行車遊玩沒有坐遊覽車看風景來得舒服。我不發表意見，就享受著每一刻我所能感受到的溫暖與美好，然後化成能量，投入下一場解決問題的戰役中。

或許這才是生存的本意吧。

偶像進化論

哪有什麼真正的偶像，
從來都是自己一個人慢慢思考領悟，
然後慢慢執行成長罷了，
如果你的人生裡一定要有一個偶像榜樣力量，
那也不過是另外一個勇敢的自己而已。

《奔跑吧，兄弟》紅了以後，Angelababy也跟著水漲船高，有一篇寫她的文章《Angelababy：一個抽煙喝酒紋身的好女孩》，裡面列舉了她最近一些暖人的地方，比如真人秀裡的女漢子個性，比如跟黃曉明的深厚感情，然後說到她對待記者有禮貌EQ很高。身為一個普通人，我不想對這些評價什麼，只是想起了之前關於另一個女明星的類似的媒體評價。

這個人就是安潔莉娜．裘莉（Angelina Jolie）。

說到最近的裘莉，她那部《永不屈服》（Unbroken）電影作品獲得好評，之前做了卵巢和輸卵管切除手術後獲得無數女性讚揚，她還是聯合國親善大使，據說有一年美國《商業周刊》的民意調查裡，安潔莉娜．裘莉入選了美國人心目中最理想女總統的第三名，前兩位分別是希拉蕊．克林頓和萊斯。（註）這個如今看起來的人生贏家，之前是一個喝酒紋身吸毒，交往過無數男人和女人的龐克女。熟悉她的人應該知道，她把自己紋得像一個大花貓，全身上下幾乎都沒有什麼空白的地方了。可就是這樣的一個女人，睡了男神布萊德．彼特，還為他生了一對龍鳳胎，如今過著穩穩當當的日子，地球上的人也都愛極了她。

要知道當年這兩個人剛在一起的時候，對兩邊的粉絲都造成了災難性的打擊。兩人的事業還一度受到了影響，全世界都站在彼特的前妻詹妮弗．安妮斯頓這一邊，討伐裘莉是最邪惡的小三。我當年是美國甜心詹妮弗．安妮斯頓的死忠粉絲，於是也大嘆惋惜。

可是後來當我開始瞭解安潔莉娜．裘莉的故事，發現這個所謂的壞女人其實挺努力的。她足夠自信，足夠堅強，更重要的是她知道自己要的是什麼。

註　萊斯：Condoleezza Condi Rice，美國政治家，前美國國務院國務卿，她是美國歷史上就任此職的第一位女性非裔美國人。

我想起幾年前艾薇兒說的那段話：「我紋身、抽煙、喝酒、說髒話，但我知道我是好女孩；真正的賤人喜歡裝無辜、裝清純、喜歡害羞、喜歡穿粉色衣服；男人膚淺，都只看表面，所以，他們只會錯過好女孩，然後被賤人騙得痛不欲生；只有女人才能看出誰才是真正的賤人。」

我不知道這是否真的出自艾薇兒之口，但是這一段大膽自然的個性主張後來成為了很多女孩的宣言。雖然這個觀點太過於絕對，但身為一個公眾人物，或者身為任何一個人，最好的辦法是不要討好所有的人，從這個意義上來說，表達自己的個性也是件無可厚非的事。

如今同樣獲得地球人掌聲的，還有一個叫維多利亞的女王，貝克漢一家的核心人物。他們一家子的新聞每天都能更新，無時無刻不在為我們講述著什麼叫完美的生活。

可是細細想來，這些完美生活的背後，是維多利亞十多年來保持紙片人身材的堅持，是她十多年來板著一副萬年不變的撲克臉的冷酷，也是她那份接受出軌的小貝的道歉鑽戒然後兩人攜手登上雜誌封面的冷靜，後來她還堅持生下了他們的第三個兒子克魯茲。小七誕生之後，她又成為了真正的頂尖設計師。

不是她不在乎小貝的出軌，實際上，私底下她曾告訴自己身邊的好友：那件事令她生不如死。

後來有文章總結她人生贏家的法則，一是她毫不諱言自己對一切的完美主義；二是當她回答如何看待名人被娛樂記者包圍，或問她總生活在聚光燈下是否苦惱時，她竟然說：「這何嘗不是一種幸運。」於是有人評價：十五年的婚姻，身材，事業，每一樣維多利亞都傾盡全力絕不放棄，對自己奉行著一種超乎常人的自律。

很多人對她開始從討厭變不討厭，從不討厭變崇拜，但是十年前那個青澀的維多利亞，大概也不會想到後來的自己會成為這麼多人的偶像，因為從一開始她就沒有想過討好誰，她只是做她自己，只不過當年別人從她身上看不到這一點。她熬了十五年，用事實說話，於是整個世界把她供為偶像，殊不知這不過是她人生中再正常不過的一段時光而已。

也是從這個時候，我開始審視自己的偶像觀。這些年我喜歡的女明星慢慢地從小清新轉變成了大女人味，我知道這也意味著自己在成長，我需要從這些人身上獲取關於獨立、自信、理性那一部分的能量，但是我發現身邊的朋友不是這麼想的。

或許我算是比較忠誠的人，喜歡一個人會很久。

記得以前看趙薇演小燕子的時候，我就看好這個女生，這些年她自己當導演拿高票房，演電影拿下影后寶座，前陣子還參加了馬雲舉辦的那場聲勢浩大的女性論壇，清一色的媒體新聞說她是人生贏家，四十歲的年紀活出了別人幾輩子都到不了的境界。

這一刻我的記憶，卻回到很多年前，她因為唱歌不好聽被人笑話，因為穿錯衣服被人潑糞，拍了好幾部不賣座的電影最後被定義為票房毒藥，然後被稱為紅毯上最不會穿衣的女明星之一……。

我很喜歡《時尚芭莎》的執行主編于小戈。她是個出奇勤奮的美人，每次出差連飛十幾個小時還堅持在自己的公眾號裡發文、對自己的同事助理交代工作。在這樣奔波忙碌中，她還持續高強度的健身。

身為一個每天看起來都時尚光鮮的女主編，在很多小女孩極其羡慕她的工作狀態時，她的回覆是：「你看不到的是我背後的忙碌與吐血，所以根本沒有什麼羨慕可言。」

就是這樣接地氣的她，還不停地每天告訴自己：「我從來不是一個比別人更懂生活更擅長美的人，但正是因為自己不是生下來就抓到一副好牌，所以才願意走在誓死不氣餒、尋求更好的路上。」

這就是我愛她的原因，已經做得很好了，還非要告訴我們這條路不值得羨慕，因為世間萬千工作，沒有一份是不委屈的。

以前看到的偶像勵志故事，他們總說自己天生就適合做這一行，或者說自己莫名其妙就趕上了這波機會，又或是不小心陪自己的朋友去面試於是獲得了機會……這一切都曾讓我感到離自己很遠，感到很無力，慢慢對這個世界失去了信心。

到了後來，我聽到很多身邊朋友的故事，他們告訴我他們這一路走來的苦。這些人當中，有曾經來深圳工廠工作最後自己開了一家紅酒公司的女前輩，也有剛來深圳的時候是業務員最後成為大公司合夥人的實業家。這些人告訴我的故事是：他們今天所享受到的每一份成果，都是當年一步步熬過來的。當這種人坐在我的面前細細講述這些細枝末節的往事的時候，我才能真切地感覺到這種堅持的力量帶來的能量與鼓勵。

也因為這樣，現在的我不愛看那些媒體包裝過的故事。雖然我知道有時候這樣的專題會更吸引人，也比較符合如今的意識潮流，但我所擔心的是，那些跟我當年一樣年少無知的孩子，會因為網路的發達而能接收到更多的資訊，但是在他們的價值觀沒有形成以前，很容易就被洗腦了。

去年我熱衷參加各種分享會，後來遇到了很多無聊的活動，開始淡出。而後我又開始加各種微信群，希望能在百家之言中開闊視野，但是到最後我發現大家都在討論的事情就是融資上千萬甚至是上億，即使是這個人前一分鐘說自己在路邊攤吃飯，下一秒鐘就開始談論一個號稱能改變世界的案子了。

這個時代，人們太急太慌，一股腦地奔向所有的熱門話題，看到別人參加選秀節目紅了於是自己也想報名參加；看到別人做的App成功了於是自己也要馬上做一個；看到朋友圈裡大家做代購賺大錢了，於是自己也換一個敷面膜的頭像召喚朋友來購買。

也是這個時候我開始意識到，為什麼馬雲最佩服的人是順豐掌門人王衛。王衛說自己十七歲離開學校，做過搬運工、清潔工，二十三歲創辦順豐，今年二十歲的順豐已有二十一萬員工，年收入快遞部分就有兩百多億，順豐航空件的數量占國內貨物空運量的百分之十七。在這麼漂亮的數字面前，王衛只是淡淡一句「運氣還好啊！」這個世上成功的人已經夠多了，如果再有一份這樣的謙和低調，那就該讓人感覺害怕了。

最近總有人留言給我說：「我也想像你那樣每天打字寫文章，你能告訴我怎麼辦嗎？」還有人告訴我她最近要找工作但是沒有什麼方向，希望我能給些建議，甚至還有女孩問我：「你每天都吃早餐嗎？自己做的還是去外面買？你說得多喝水，可是不喜歡喝水，怎麼辦？你每天都會運動嗎？去健身房還是自己跑步，我試過自己跑步，可是堅持不久！」

我自己不算是個很會生活的人，但是我知道自己該往這個方向走，就像我聽過很多的分享會，都建議說要多讀書多思考多交流，還建議說培養一兩個興趣愛好，多替自己規劃八小時以外的時間，女生上了年紀以後更加要學會愛護自己……。

這些其實我們都知道，只是執行起來的時候，總有人說沒時間沒精力，或者今天心情不好了，甚至還有人不知道該如何培養自己的興趣愛好。

我曾經就是這些沒時間沒精力沒心情的一員，以前的我也總愛抱怨自己什麼事情都做不好。但是後來我發現了一個問題：為什麼很多人比你忙碌比你優秀還能比你做得更好？

於是我問自己，你已經輸在起跑線上了，難道你還要繼續輸下去嗎？

答案是否定的，我已經明白了生活的真相了，而且我開始建立自己的三觀以使我能夠繼續熱愛生活。這其中有一部分是偶像的力量，我遇見的人，聽過的故事，看過的人物採訪，我把他們經歷中我可以採用的那部分借用過來，然後實踐於我自己的身上。我至今不知道這有沒有用，也許也需要十年甚至更久的時間來證明，但至少我已經開始意識到這些事情，並且開始去做了。

也許隨著年紀的增長跟見識的開闊，未來的日子裡我能遇上更多的偶像力量。尤其是在這個網路時代，一切都是有可能的，如今的我已經開始做好準備，去吸收更多於我自己而言有效的元素，然後完成我自己的成長和進步。

有一天我跟一個女生聊天，她說很喜歡公司的一個女主管，我說那你就按照她的步伐來完成自己的職場升級好了。可是她又說這個女主管是個工作狂，還因此跟自己的丈夫離婚了。我問：「那你覺得她算是你的榜樣嗎？」女生回答說：「是啊。」

我說：「那不就得了，你把職場上她的那部分精神拿出來學習就好，為什麼要因為她的婚姻不美滿就否認她了呢？」

女生不接受我這一點，說：「我希望找到一個各方面都不錯的榜樣，比如我最近喜歡某某，我也想像她一樣讀個研究所，然後進入外商企業，然後工作幾年出來跳槽當高級主管。」

我問：「那她是什麼時候去念研究所呢？」

女生回答：「就是她工作兩年後，二十六歲那年。」

我問：「那你現在多大了？」

女生回答我：「今年快三十歲了。」

我問她：「那你接下來的選擇是什麼？其實去念研究所也是可以的。」

結果女生突然大叫起來：「天啊，我要是現在去念研究所，出來都三十多歲了，再進外商是不是有點晚了啊？我該怎麼辦？不行，我要重新找另一個榜樣來模仿，這個已經不適合我了……」

夜裡我回家發了一條微博：「我理解的瘋狂是敢於做別人不敢做的夢，付出別人不屑於付出的努力，就像某品牌的廣告語說的那樣：我要做別人熱愛也有能力卻無法堅持的事情。」

哪有什麼真正的偶像，從來都是自己一個人慢慢思考領悟，然後慢慢執行成長罷了，如果你的人生裡一定要有一個偶像榜樣力量，那也不過是另外一個勇敢的自己而已。

可是呢，好像很多人還沒有找到「另一個自己」呢！動起來吧，說不定這個自己已經等了你很多年了，再不找出來，或許就再也遇不上了，那該有多少遺憾啊！

我們來到這個世上，從沒有虧欠過誰

朋友中有人淡淡地說了一句，
我的大小姐，他現在已經不屬於你了，
你沒有資格要求他還像以前那樣對你好，
你自己弄丟的男人，
已經是別人的丈夫了。

01

去年這個時候，檸檬跟自己談了十年戀愛的男朋友分開了。男生很快就找到了合適的女孩結婚，檸檬回到了老家，很久也沒有出現在我們的視野中。

周圍的朋友知道之後，無一不討伐男生，忘恩負義、兄弟絕交什麼的話都出來了，男生不敢在微信上露面，就默默地躲著，結婚的時候也不敢請跟前女友的共同好友來參加。

我為檸檬覺得不值，為這十年的付出感到難過。

可是一年後，檸檬站出來了，她告訴我們，分手是她提出來的，她覺得自己有些習慣這段感情了，她是一個浪漫的雙魚女，總是期待著生活中每天都是驚喜，她過不了心裡這一關，就提出了分開。

這一刻我終於知道，檸檬前男友說的那一句「我想找個簡單點的女生結婚，太累了」有什麼含義了。

前段時間檸檬回到了以前兩人工作的城市，重新工作重新生活，我本來以為事情到了這裡就告一段落了，各自開始新的人生那該多好。

結果檸檬找上了前男友，要他幫忙介紹工作，找好的社區租房子。檸檬已經一年多沒有上班了，沒什麼收入，於是前男友給了一筆錢讓檸檬用來過渡，接下來的日子裡，檸檬但凡遇上不順利的事情，無論是今天生病，明天下雨招不到車，後天家裡水龍頭壞了，都會第一個打電話給前男友。

一開始前男友也會幫忙，畢竟覺得她一個女孩在大城市不容易，但是之後檸檬越來越得寸進尺，有時候前男友在工作的時候也會打電話跟他說出了很重要的事情，結果前男友趕過去的時候發現其實就是廚房多了幾隻蟑螂……

有一天，檸檬的前男友終於在微信上露面，找我們幫忙。他的意思是，一是他是被分手的那一方，他已經接受了這一點所以他選擇開始新的生活；二是他已經是有家室的人了，家裡的老婆也算溫柔善良，如今的生活也算平淡快樂，他不想再糾結在這樣的關係裡；第三就是他覺得自己該幫忙的事情都做了，比如幫她找工作，陪伴她度過適應期，但是事情到了一定程度就該適可而止了，他認為自己做的沒錯，也希望我們能體諒他。

這一次，我們算是明白了整件事情的來龍去脈。

於是我們去找檸檬溝通，當然也不能說得太恩斷義絕，大概的意思就是鼓勵她開始新的生活，另外一方面就是旁敲側擊地表達，既然這樣了那最好就跟過去做一個了結吧。

結果話還沒說完，檸檬就開始訴說自己的委屈，說她這一年來過得不容易，最後檸檬說了一句：「我跟他在一起十年，他現在不應該幫我做這些嗎？總之就是他欠我的，我覺得他就應該為我做這些！」

我們一行的朋友中有人淡淡地說了一句，我的大小姐，他現在已經不屬於你了，你沒有資格要求他還像以前那樣對你好，你自己弄丟的男人，已經是別人的丈夫了。

這一刻，檸檬號啕大哭，歇斯底里。

02

在我大學的班上有一個學霸陽子，是個很斯文的女孩，每天都會按時上課，剩下的時間就去圖書館上自習，跟高中生活沒什麼兩樣。

一開始的時候，陽子會督促我們一起去上課，可是時間久了我們就不愛當乖小孩了，開始蹺課，陽子也不會說我們，就是每天下課回宿舍以後會告知我們，今天老師交代了什麼作業，大概需要準備些什麼，截止日期是什麼時候。

老師點名的時候，陽子會幫我們十幾個女生喊到，時間久了，老師也發現了，但是因為陽子是個認真聽話的好學生，也就沒有責怪什麼。

有一次聽說教務主任要來視察課堂情況，那一天我們幾乎所有的同學都早起上課去了，結果隔壁宿舍有個女生H小姐依舊賴床，結果主任真的來了，我們趕緊打電話給H小姐，於是她披著個外套就飛奔過來，衝進教室坐在最後一排，陽子把書本從遠處傳給了H小姐，那一刻我感覺她感激得就差掉眼淚了。

後來臨近畢業的時候，系上發了關於繳交實習報告的通知，要求需要交出實習作品才能順利拿到畢業證書，這個時候我們已經忙著在各個媒體單位開始適應採訪生活了。

實習結束以後我們回到學校，交流著這三五個月的體驗跟感受，這時候H小姐過來問我們在幹嘛，我說我們準備把實習作品整理出來交上去啊。

H小姐一驚，問這是什麼時候的事情？

我說上個學期就安排了呀。

她這時候一陣尖叫喊著，為什麼沒有人告訴我？

我們回答說，系上不是通知了嗎，你怎麼會不知道呢？

她開始慌張了，說要去找陽子幫忙，嘴裡還唸著，以前都是陽子告訴我這些的，她怎麼這一次就不告訴我，太不夠意思了，我要找她去！

我們說陽子還在北京實習呢，還沒回來。

H小姐這個時候都快瘋掉了，開始想辦法彌補這個實習報告，她還說等陽子回來了要質問她一下，為什麼這麼重要的事情沒有告訴她，要是自己畢不了業，陽子也要承擔一份責任。

這個時候我們覺得不對勁了，於是我站出來說，陽子這四年下來幫了我們很多忙，但這根本就不是她的責任，她只是出於善良對我們好而已，你不能把這份好當成了理所當然。

H小姐不說話了。

本來我們以為這件事情就可以結束了，H小姐的實習問題她自己會解決，結果沒想到當陽子從北京實習回來的時候，還是被她狠狠地唸了一頓。

H小姐的意思就是，如果不是你大學這幾年裝好人幫我們點名喊到，幫我們交作業的話，我也不會變成今天這樣了，要是大學沒有辦法拿到畢業證書，我會恨死你的。

陽子本來就是個善良的女孩，見到這種場面立刻就掉眼淚了。

我們一幫人在那解圍，有人勸陽子不要放在心上，另外一幫人勸說H小姐不能拿這個理由撒野，熙熙攘攘的宿舍裡亂成一團。

後來終於有個女生站出來了，她大聲地一字一句喊出來：「你要是覺得陽子對你的好最後都變成了一種錯的話，那你要不要反省一下是不是你自己出了問題？我們這些同學都受到過陽子的幫助，但是我們從來不會完全依賴她，更不會覺得她這麼做是理所當然的，每個人有自己的規劃跟人生路要走，為什麼我們就沒有忘記要完成畢業實習這件事情呢？」

然後女生又補充了一句：「對了，陽子不是你爸媽，她不欠你，即使是你爸媽，他們也不一定欠你，大家都這個年紀了，能不能成熟一點？」

H小姐終於停止了吵鬧。

03

我大學老師W的兒子前年去美國留學，機場送行後W老師在朋友圈發了一個狀態，就是詩人紀伯倫的那一首《孩子》：「你的兒女，其實不是你的兒女；他們是生命對於自身渴望而誕生的孩子；他們借助你來這世界，卻非因你而來；他們在你身旁，卻並不屬於你。」

字裡行間都是W老師對自己兒子的不捨，但是另一方面也告訴自己要學會放手，給自己的孩子獨立的靈魂跟思想。

今年母親節，W老師的兒子發了一段祝福給她，原文是：「今年是我感觸最深的一個母親節，我們一起攜手闖過了這麼多年最大的挑戰，我也真的長大，為了你，要讓自己更好。」她的兒子還說：「永遠愛你，對你好讓你開心和吃喝拉撒一樣，是我人生中最重要的幾件事情。」

看到W老師分享的朋友圈截圖，那一刻我很感慨，雖然自己還沒有結婚生子，但是這種平等和諧的母子相處關係卻是我最羨慕的一種狀態。

而就在這個時候，我的一個朋友正在跟我抱怨，老公太聽從自己母親的話，以至於在家裡根本沒有辦法過日子。

我問你有沒有跟你老公好好溝通一下呢？

她說每次聊起這個話題的時候，老公就說：「我媽把我養大送我上大學不容易，我不能讓她不開心，任何事情我都能忍。」

這種關於愚孝的故事，我聽過無數的版本，就連我自己剛大學畢業那一年，我也深深地陷入這種道德的束縛中。我媽一直希望我回到老家陪她慢慢過日子，我在電話裡解釋，說我感謝你這幾十年的養育，但是我期待著有我的人生規劃，希望你能體諒我。

如今快四年過去了，我在深圳這個城市裡工作生活，努力賺錢，有假期就會坐車回老家看爸媽，遇上家裡有急事我也可以比較自由地回去，因為我有足夠的調休時間，什麼都沒有變。我一步步地按著我選擇的路往前走，我爸媽也慢慢接受了這種狀態。

我的父母沒有辦法像W老師那樣，有那麼高的學歷修養以及格局思維，但是我自己是可以跳出來解決這件事情的。我沒有躲避也沒有逃離，我試著在這中間找一個平衡點，因為如果我不去解決它，那我自己的日子也過得不舒服，更何況是我們的父母呢？

有一天我看到龔琳娜在一次採訪中說，她一直在思考父母和孩子到底是一種怎樣的關係，後來她發現，父母和孩子不是上下關係，也不是平等關係，她說父母和孩子其實是前後關係，把孩子帶到這個世上，撫養他們長大，再把他們送去想去地方，目送他們慢慢地離開你。

當時聽到這一段的時候我很想哭，這種溫柔的憂傷讓我頗為釋懷，一直以來我都覺得自己欠父母很多，以至於後來慢慢變成了一種負擔，但是我又必須說服自己，這本來就是人生繁衍周而復始的一個過程。我感激我的父母，但是我不欠他們的，就好比我也沒有資格抱怨，他們要是能給我更好的出身條件那該多好！對，因為他們也不欠我的。

有一天我在夜裡寫自己的夢想清單，其中有個願景就是，我想成為一個什麼樣的媽媽？我想了很久也不知道怎麼描述。還是用W老師的一段話來結束吧：

「無為的教育，就是成功地做你自己，然後你的小孩自然變了，變成你理想中的他，他無論怎麼變，都是你理想中的他的樣子。」

我們知道需要努力才能換來好的生活，
我們更知道不是所有的付出都一定會有回報；
我們明白這世上有人好運到一見鍾情，
也有人卻尋覓很久都沒有遇上對的人。

其實我們比自己以為的要懂事多了，
只是不願意去承認罷了。

其實，

人生哪有一直的快樂可言，

快樂就存在於解決當前這一個問題的瞬間，

短暫過後就又得開始面對下一個問題了。

第四章

來一場沸沸揚揚的日子

第一次上學，第一份工作，
第一次表白，第一頓送別餐會……
總會有各種各樣的人，
陪你去經歷生命中這些重要的時刻。

來一場沸沸揚揚的日子

「儀式感」，「告別過去」，「敬重生活」，這些詞語對於我們這樣敏感而感性的人來說，比天還重要。

我的死黨L小姐最近喜歡上了《君子（Esquire）》雜誌的時裝編輯櫻桃，於是每天都追著她的微博看，而櫻桃的先生康樂就是《芭莎男士（BAZAAR Men）》品味版的副主編。時尚界裡時髦的夫妻檔並不少見，但是終究貝克漢和維多利亞一類的大咖離我們太過遙遠，於是每天追著看這對高冷豔而又好玩的夫妻的微博便成了L小姐日常最大的樂趣之一。

去年，櫻桃跟康樂兩人舉辦婚禮。這對品味極佳的時尚夫婦，當然不會讓自己的婚禮落入俗套。除了康樂先生在婚宴上送給櫻桃一組令無數人豔羨的照片牆，讓人無不驚呼找個攝影師老公是件多麼幸福的事之外，他們還為自己的婚宴準備了很多獨特的設計，其中婚宴上的桌布就是他們自己設計的。

因為好友們紛紛要求想要一樣的，於是櫻桃夫婦聯繫印刷廠開始量產，順便在淘寶上出售，我的死黨L小姐第一時間搶單，一口氣買了好幾套，很高興地在電話裡告訴我這個事情。

我跟往常一樣開玩笑：「你這個死女人，平時買件衣服都得思考半天，買這幾塊布居然就這麼捨得。」

忘了說了，桌布的價錢不便宜，L小姐入手這幾套，著實花了她不少薪水，要知道她現在還住在不大的出租屋裡，每天還會為中午跟同事一起共餐可以省幾塊錢而精算著。

L小姐回說：「我也幫你預訂了一份，你知道的啊。有一天你也會結婚，或者你有了自己的房子，或者我們做出了一件很不一樣的事情，我們就會有一頓美美的晚餐，這個桌布就能派上用場了！」

看完這一段話，我心裡一酸，一是感動萬分，二是細細想來，其實我自己也做過很多這樣矯情的、看起來浪費金錢浪費時光的事情。

上大學的時候，我們宿舍不能用高功率的電器，於是買了一堆好吃的給宿舍修水電的大叔，求他把我們宿舍的用電功率調高一些，大叔擋不住我們嘴甜，於是答應了。

我跑去學校超市買了個便宜的電鍋，最普通的那一種，然後去學校門口的菜市場買了一些青菜跟一根骨頭，外加一些蔥薑蒜回來。

然後燒了一鍋開水，把薑片跟骨頭放進電鍋裡，慢慢熬出一鍋高湯出來，等到差不多了，再把洗好的香菇藕片馬鈴薯跟青菜放下鍋。這就是我自製的一鍋麻辣燙。

儘管大叔替我們開了後門，但是因為宿舍用電功率還是不高，所以湯湯水水煮得很慢。我的另外三個室友，就像三個餓死鬼一樣的女人，早就已經拿著椅子圍在電鍋旁邊，準備好了自己的便當盒和筷子，看著陣陣熱氣，準備大吃一頓了。

就在等待的時候，我覺得不對勁。

於是去隔壁借了幾張折疊書桌過來，然後在抽屜裡找到一塊很久以前出去訂做宿舍窗簾時剩下的布，三兩下就拼好了一張寬大而漂亮的餐桌，再去大叔那裡借了幾個碗和碟子，拿回來在餐桌上依次排開、放好。
那一刻我心裡想：這樣就對了！
我那三個室友看著我忙碌過後呈現的場景，大呼「我感覺好像回到了家裡了呀」，另外一人說：「對，我媽就是這麼幫我把辣醬調在一個小碗裡，然後我們自己要吃多少再拿多少的！」還有女孩說：「我怎麼覺得這一瞬間我們宿舍的燈都亮了許多呀！」
這就是我想要的結果，既然自己動手準備一頓聚餐，那就要有聚餐的儀式感。
開始工作以後，每次逛街或者到一個特別有意思的地方，我都會下意識地去尋找那些好看的盛具，以及跟傢俱相關的種種小物品。遇上自己一眼看中的漂亮碟子飯碗，還有桌墊小湯匙什麼的，我都會買下來，帶回家裡也不用，就保存起來，累積多了，空間就感覺不夠用了。
有次請同事來家裡吃飯，我拿出了一些漂亮的碗來盛飯，大家都說很好看，我說這都是我平時買的，結果同事們都說我太神經了，這麼重的一堆東西別說去旅遊了，逛個街提回來也很重呀。
我回答說：「雖然我現在住在這破出租房裡，但難保哪天我買得起深圳的房子了，那我就可以按照我喜歡的方式來佈置我的家了呀。而且你看現在我住的這間出租套房，也被我打理得不像短住的樣子，否則你們也不會喜歡來我家吃飯了不是嗎？」

同事們邊吃飯邊點頭。

記得以前看《六人行（Friends）》，到第六季的時候，莫妮卡終於向錢德求婚，兩個人浪漫地在點滿蠟燭的房裡互相求婚，臺詞依舊細細碎碎但是搞笑而動人。

在這六個人裡，我一直覺得莫妮卡是最像我的，對生活有輕微的潔癖，別人動了她沙發上的枕頭，她第一時間就得整理好放回原處。還有每年的耶誕節，她都會用一套最完整的流程，來表達自己對於這個節日的敬重，一旦有人破壞其中任何一個細小環節，就比天塌了還可怕。

仔細想想，其實生活中，這樣有儀式感的時刻很多。

小時候在家過年，我們都會穿上漂亮的衣服迎接新一年的到來；等到上學的時候，你第一天上學爸媽會詢問你交到了什麼朋友，並且會為你做一頓大餐；等到我們慢慢長大，從考上大學，然後畢業，有自己的第一份工作，自己的第一次跳槽，自己的第一頓送別餐會，總會有各種各樣的人，陪你去經歷生命中這些重要的時刻。

當年我剛發育的時候，第一次生理期，告訴我媽之後她都樂壞了，然後那天為我蒸了好大一份蒸蛋，並且堅持要我一個人吃完，說這一頓飯過後，我就成了大姑娘了。

這點點滴滴，都記在我的日記裡了。

要是談戀愛的人呢，那麼儀式就更加多了。第一次表白，第一次接吻，第一次為彼此過生日，然後是結婚成為家人。這一路走來，除了父母以外，沒有第二個人能夠比你的伴侶更願意陪你經歷生活中的酸甜苦辣了。

我之前在公司帶的一個實習生，後來變成了同事兼死黨的S小姐，她在前年結婚去年生寶寶後，每個月都會挑一個週末跟自己的先生去看一場電影。

她告訴我：「很多人說結婚以後，尤其是有了小孩以後，夫妻感情會慢慢變得平淡，甚至會變得不痛不癢、味同嚼蠟，這個時候就得學會自己去經營婚姻生活了。我跟我老公就是在大學的會堂裡看電影認識的，所以結婚以後，我們就把看電影當成一個小事項，每個月去看一場，看什麼無所謂，就是為了保持以前戀愛的那種感覺，過後依舊回到忙碌繁瑣的生活中。」

S小姐說她結婚這麼久以來，跟老公還從來沒吵過一次架，即使有時候因為孩子的事情偶有煩惱，但是看著他們家客廳裡那面牆，就是結婚的時候兩人一起佈置起來的照片牆，他們就吵不下去了。

之前看過的一集《快樂大本營》，嘉賓是李宇春，何炅問她：「聽說你每次練習打鼓的時候都會穿正式服裝，就連在家也一樣？」

李宇春笑著點頭。

何炅再問：「那你自己一人在家還穿這麼正式，不是很麻煩嗎？」

李宇春靦腆一笑，回答說：「如果穿得太隨便，練習打鼓的時候也打得不好。」

台下的觀眾一片掌聲，也不知道他們有沒有聽懂，李宇春所強調的這個儀式感。

我想起之前看過的一個作家寫自己的祖母，她本來在大戶人家，後來家族沒落，她去替別人家洗衣服，但即使這樣了，他的祖母也會在空閒的時候，穿上一身壓箱底的旗袍，在狹小而髒亂的廚房裡，喝一杯自己泡的紅茶，然後看著窗外，從記憶裡回到很久遠的從前時光……

我有個死黨L小姐跑到北京，跟自己喜歡了很多年的葉同學告白，因為從來沒有得到過葉同學的接受跟認可，這就成為了最後的告別式。L小姐霸道地對葉同學說：「我知道你現在依舊對我沒有感覺，可是沒有關係，我自己在心裡發誓，有生之年，在我結婚之前，一定要跟你表白一次，這就算不白過我的青春了，你懂嗎？」

這份連開始都沒有過的單戀，L小姐也要來一場有模有樣的告別式。

「儀式感」，「告別過去」，「敬重生活」，這些詞語對於我們這樣敏感而感性的人來說，比天還重要。

這些年裡，我每次遇上高興的事情，就會跟我的死黨們分享，然後她們到我的城市，或者我前往她們所在的城市，大家穿著美美的衣服，吃上一頓飯，然後各自告別，留下一堆照片和回憶。

每次遇上難處或者不開心的事情，我就會一個人待著，為自己弄一杯果汁，買一小塊提拉米蘇或者抹茶起司蛋糕，或者喝一杯優酪乳。我很喜歡吃甜品，多甜膩都不拒絕，然後邊吃的時候會邊想，這也不過是生命中最不起眼的一遭，總會過去的。

職場上遇到小小進步的時候，晚上下班回家，我會自己跑到樓下的一家我喜歡的茶餐廳裡，點一份白粥跟燙青菜，就是我對自己最大的獎賞。

說回我的死黨L小姐，她每個週末早上都會去廣州的教堂做禮拜，風雨無阻，她是個虔誠的基督教徒。之後她會換乘地鐵公車，到很遠的一個偏僻小店裡，吃老闆親自做的一碗豬腳河粉。十二塊錢，三個大豬腳，老闆是潮汕人，來廣州開這家店有二十多年，價格沒變過，份量也從沒變過。

L小姐說這是對她這一週工作最大的獎賞，不管職場上遇上多麼狗血的人和事，不管現在追她的人有多麼不可靠而自己遲遲不願意將就，只要那一口軟糯Q彈的豬腳咬下去，她就會想，生活是多美的一件事。

她把生活過成了夢想

每一件與眾不同的絕世好東西，
其實都是以無比寂寞的勤奮為前提的，
要嘛是血，要嘛是汗，
要嘛是大把大把的曼妙青春好時光。

葉子是北京人，從小笑容甜美伶牙俐齒，十二歲那年開始試著到北京電視臺主持兒童節目，十六歲正式在電視臺上班當節目主持人。幾年後葉子覺得電視臺不好玩，於是轉到北京電臺當主播，她的原話是，「我想看看除了我這一副皮囊之外，還有沒有人在意我的聲音，以及我聲音背後的故事。」

張愛玲說過的那一句，「出名要趁早」，放在葉子身上再合適不過了。這個年少成名的女孩，在主持表演跟節目製作上有著極高的天賦，無論是一開始的電視臺還是後來的電臺節目，幾乎都是她自己一手包辦，企劃包裝、找團隊錄製、剪輯都親力親為，在那個工作環境下，你根本看不出來她是一個還不到二十歲的小女孩。

光彩背後總有瑕疵，葉子除了在工作上的天賦以外，基本上生活無法自理。她自己在北京租了一個房子，每天工作之外回到家，只會替自己煮碗麵。那還是有一次錄製節目太晚了樓下實在是沒有什麼可以吃的了，葉子只能硬著頭皮做了一碗麵，於是這些年就吃著一碗麵過來了。

葉子在人際交往上也是個特立獨行的人，因為深受電視臺主管的器重，所以每次跟客戶吃飯的時候，老闆總會把漂亮的葉子帶上，葉子也不會拒絕，照樣跟主管赴飯局。但是葉子的原則就是一不喝酒二不說話，用現在的話來說就是高冷豔地坐在那個位置上，一副你不要來打擾我的樣子。

後來葉子學聰明了，因為自己不會做飯，每次遇上飯局的時候她會好好地吃一頓，真的是認真的那種吃法。葉子會把自己喜歡的菜全部夾到自己的碟子裡，然後低頭全部吃光，絲毫不理會眼前的這一片杯光酒影。

後來主管就再也沒有叫過葉子去赴飯局了。

回憶起來，葉子覺得當年的自己很是任性，換作別人要是敢在職場上這麼特立獨行大概早就被開除了，但是周圍人看在她年紀小的份上，都原諒了她。而且最主要的是，葉子在自己的專業領域做得很出色，沒有人質疑她在工作上的表現，所以對於那些不夠的地方，大家也都包容葉子。所以，葉子就這麼幸運地走過來了。

葉子在電臺的時候，有個晚上做了一期節目，主題是關於自己未來的夢想，葉子連稿子都沒寫，閉上眼睛就對著麥克風直播起來。

大概女孩都有一個開店的夢吧，一家散發出濃郁香氣的咖啡店；一家每天早晨飄出烘培美味的麵包店；一家只賣自己喜歡的衣服的小店；一家按自己心情搭配的鮮花店；還有各種奇怪任性搭配的果汁店；又或者是一家散發著油墨香的書店，放上自己喜歡的玩偶，然後在店門口的搖椅上坐一個下午，曬著溫暖的太陽，雨天就煮一壺清茶，冬天時分想睡到幾點就幾點……。跟很多電臺節目一樣，葉子把自己的所思所想娓娓道來，因為沒有打過草稿，反而聽得是越發真實，很多年後葉子都記得這個夜晚的畫面。

葉子也有自己的閨蜜，有天幾個閨蜜一起聊天，有個女孩說想四十歲退休，周圍朋友就說是不是太早了一點？這時候葉子出聲了，我想三十歲退休。

正在喝咖啡的姐妹們都詫異萬分，然後質問葉子你這也太異想天開了，怎麼可能呢？你不要太痴人說夢了好嗎？而且三十歲就退休你後面的日子該幹什麼，不會很無聊嗎？

葉子說，我也不知道呢。

五年前，葉子二十八歲，她來到沙溪古鎮遊玩，然後愛上這個地方，於是決定在這定居。

找院子，找店面，學會聽懂本地方言然後跟本地人談判，安裝各種線路跟太陽能，女漢子般搬遷厚重的桌子椅子，還有店鋪那一排吧台，一個個酒架，倒扣高腳杯的安裝……談不上設計，葉子只是把自己喜歡的東西都往民宿跟店鋪裡放，可想而知，那得多漂亮啊。

葉子開始學著洗床單鋪床單，整理置物架，在店鋪裡無數次嘗試後，煮出第一杯咖啡，榨出第一杯果汁，烤出第一塊蛋糕，做出第一份炒飯，熬出第一碗湯，就連掃地這件事，也是從來沒做過家事的葉子人生二十八年來的第一次。

有一天店鋪裡來了一位臺灣的女孩，女孩教葉子做正宗臺灣口味的香蕉奶昔，於是這一杯招牌奶昔葉子一做就是五年。她也嘗試過要做其他口味的，但是終究沒有臺灣女孩教出的那杯香蕉奶昔的口味喝得讓人舒服，於是葉子決定只保留這一個口味的就可以了。

有一天，葉子的店鋪裡來了一位也是來沙溪遊玩的男客人，後來這個男客人成為了葉子的朋友，經常到葉子的店裡待著。男客人很喜歡挑剔葉子，對葉子做的東西有各種不滿意，葉子一向是個在意別人評價的人，就經常鬧情緒。男客人本來就是個很善廚藝的人，於是開始幫葉子做飯，後來慢慢研發出各種口味的飲料跟蛋糕。

有一天，葉子跟這位男客人說，要不你就跟了我吧，你看我這裡有個大院子，有一隻貓一隻狗，還有一家可以養活我們的小店，我不需要你給我什麼東西。男客人成為了葉子的先生。

這是我來到葉子店鋪的第五天，葉子的先生講給我聽的故事。他親手為我調製了一杯拿鐵，烤了一塊布朗尼，還送我一杯自己秘製的青檸楊梅朗姆酒飲料。

葉子的先生說，上週五是沙溪的集市，他買了一大袋本地楊梅回來，然後熬成楊梅果醬裝進玻璃瓶子裡。我說我從小喜歡吃酸的東西，於是，葉子先生就把這一杯泛著紅暈的冰鎮飲料遞給我。

葉子的先生說，好的東西他不會輕易拿出來，但是遇上喜歡的客人，什麼複雜的飲料跟蛋糕還有手工餅乾他都願意做一遍，然後送給客人品嘗。

所謂任性開店，不過如此了。

製作這一杯飲料之前，葉子先生在吧臺上忙碌，他問我，你喜歡什麼顏色？我隨口就回答「黑灰藍」。然後我好奇問，你問這個幹嘛呢？

葉子的先生不做聲，然後就送來了這杯飲料，吸管是藍色的。

我喝了一口，原始的酸甜味搭配著一片薄荷的清香，散發著微微的酒香，這個時候看一眼窗外湛藍如水的天空，刷著此刻朋友圈裡關於深圳下暴雨洪水災害的新聞，突然覺得這一刻，恍如隔世。

我笑著說：「老闆你把日子過成這樣，你是註定這輩子要栽在葉子手裡了。」

葉子先生微笑著點頭：「嗯，或許吧。」

這時葉子突然發話說：「才沒有咧，他一直嫌棄我是個過氣的女明星。」

葉子先生無奈搖頭，一臉溫柔地注視著葉子，也是這個時候，葉子坐在沙發的對面，慢慢跟我講述她的故事。

「我以前是個很玻璃心的人，哪一集節目做得不好，甚至是哪天的裙子不漂亮，宣傳照拍得不好看，有聽眾說我的廣播不好聽，我都會很生氣。那個時候的我，集很多人的寵愛於一身，身邊從來沒有人說我不好，都小心翼翼地保護我，所以稍稍有人對我不認可，我就會鬧情緒。

我一直記得那晚的廣播節目，我說我也想有一個開店的夢想，但是那天節目做完我就不理會了。從來沒有想過十年後的今天，我真的就擁有了一家夢想的小店，有狗有貓，有漂亮的桌布書架，有蓮花池有泉水還有一盞盞夜燈。」

我問葉子：「二十八歲那一年，你真的做到了三十歲就退休，而且還提前了，你是怎麼放下的呢？」

葉子說：「我找不到一個很有說服力的理由，只是覺得就這麼順其自然了，我覺得自己是很幸運的，這十多年的職涯順風順水，比很多同齡的人提前享受到了名利帶來的成就感，但是我覺得自己的另一層幸運就在於，我比很多人早熟。

你知道的，電視圈裡的女主持人，一直都處在光鮮亮麗中，但是我知道其中的難處與辛酸。她們最後的歸屬要嘛是一直耗著獨自一人，要嘛就是嫁入豪門享受生活。我不是說那樣不好，只是那不是我想要的生活。

我順應著命運的安排，來到了沙溪，喜歡上了這裡，正好這個時候的我已經有了經濟能力開一家民宿跟小店。我需要做的，就是把我以前從來沒做過的那些事一一學會。也是到了今天，我才開始慢慢學會放下，即使有一天我的民宿小店做不下去了，但是我已經學會了做出客人喜歡吃的炒飯，我會做各種蛋糕。我當了十二年的瑜伽老師，很多客人都是慕名前來的，我或許還是這個小鎮上最會掃地的一個人。

所以我不怕了，即使我現在一無所有，但是我已經學會了存活於世的本領。我即使去飯店做一個管理者或者是一個櫃臺小姐，我也能做得很優秀很出彩。」

葉子一一把這些道來，我就像是一個電臺觀眾，在聽她的夜晚節目，此刻看著她那張精緻的臉，能想像得到這五年的小鎮生活，已經慢慢地幫她把過去的傲氣去除，然後裝進另一種東西，養成了如今這份不慌不忙的靈氣。

「我以前覺得自己擁有太多，在北京街頭遇見乞丐的時候我會很心疼，那時候我覺得自己是個電視圈名人，所以我應該體恤這些可憐的人。我帶著一種優越感丟錢給他們，然後覺得自己很偉大。

「而今來到這個小鎮上，我從以前呼風喚雨的驕傲，慢慢變成自卑失落的人，因為我覺得小鎮上的人比我要更值得驕傲。這幾年的沉澱，我才慢慢又把自己的驕傲撿起，但是這已經不是在北京那個時候的驕傲了。

「這種驕傲帶著謙卑，帶著對這個世界的包容，即使現在遇上乞丐，我只會自然地投錢給他們，然後報以溫柔的微笑，除此之外沒有任何虛榮心存在。」

葉子說，她過去是個很任性的人，不按常理出牌，高興怎麼來就怎麼來，如今來到古鎮成為一個老闆娘，她依然是一個任性的人。客人嫌棄她的民宿太安靜，她就笑著送人離開，有客人說店鋪裡的飲料太貴，她就拿出原材料現場做給客人看，告訴客人這杯果汁一滴水也沒有加，所以需要三個水果的份量才能存夠一杯。

葉子說，我覺得我過去的任性來自於我的工作成就，現在的任性源於我的一份靈氣，我不覺得自己跟別人是一樣的，我已經開始接受這樣的自己，在普通的日子裡找尋自己內在的那份空靈至上的靈魂。

這就是我三十歲以後的退休生活的動力，也是最大的修行功課。

久而久之，來到葉子店鋪的客人，基本上是走進店裡就開始跟小狗毛球玩耍，然後隨意抱著枕頭躺著，再點一杯飲料，就這麼靜靜地待著。

接下來葉子帶我參觀了她的民宿院子，我敢說我逛古城這麼些天下來，這應該是我最喜歡的一家了。滿院子的花草，沒有三五年的時間，是絕對到不了這個茂盛程度的。

我想起前段時間微博上瘋傳楊麗萍老師後花園的圖片，人間四月天，她家的花園鮮花已成災，而這個場景在葉子的民宿裡也是有過之而無不及。

下午時間，葉子開始為來報名的客人上瑜伽課，她的原則是一天只替四個客人上課，心情好的時候會無限延長上課時間。總之，她就是任意而為，然後順便把錢賺了。

我想起吳曉波說過的話，每一件與眾不同的絕世好東西，其實都是以無比寂寞的勤奮為前提的，要嘛是血，要嘛是汗，要嘛是大把大把的曼妙青春好時光。

這一切對葉子而言，看似來得簡單，但是葉子那十多年的電視圈生涯裡她付出了多少，也不是我可以想像的。要知道那十多年的時間裡，她一個人住在北京租來的房子裡，也許在某一個華燈初上的夜晚，她也有過對著窗外思考未來的人生的場景吧。

故事差不多說到這裡了，葉子的先生唱著歌又送了我一杯香蕉奶昔，晚飯的時間到了，於是我被邀請留下來，吃著葉子先生剛熬好的南瓜粥，還有他烙的餅，軟糯香酥。

我不知道該如何來形容我的心情了，偶爾一陣風吹過，風鈴叮噹脆響，那一句所謂的生活在別處，我在這一刻體驗到了。

謀生之外亦謀愛，追風之餘亦追夢。這對於葉子的故事而言，再合適不過了。

所謂生活的真相

我們知道這個世界有人生來就擁有很多，
而有些人一無所有；
我們也知道需要努力才能換來好的生活，
我們更知道不是所有的付出都一定會有回報；
其實我們比自己以為的要懂事多了，
只是我們不願意去承認罷了。

在大理沙溪古鎮旅行的時候，我有幸跟一位民宿老闆遊走了一圈整個古城，他指著遠處的山告訴我，山上有一座小學，附近的孩子都會到這裡上學。有一次他試著自己一個人走到山上的學校，前後花了快四個小時，到達目的地的時候，山上的老師告訴他，這附近的孩子每天從家裡出來，走上四五個小時的山路才能到達學校，日復一日，風雨無阻。

民宿老闆跟著學生上了一天的課，教室裡就只有一個老師，分為低中高三個年級。老師上課的時候，另外兩個年級的孩子就自己看書複習。

中午吃飯的時候，老師拿出了一小塊豆腐，給民宿老闆加菜，說這是山上唯一能用來招待客人的食物了，然後主食就是馬鈴薯。挖一個坑，把馬鈴薯放進去，蓋上土，上面燒一把火，不一會馬鈴薯就烤熟了。

民宿老闆吃得津津有味，旁邊的孩子卻一直盯著他手裡的那幾塊豆腐，於是他就把豆腐分給了孩子們。

山上的紫外線很足，本地的村民從小孩到老人，都是一臉的高原紅外加皺巴巴的皮膚。民宿老闆問老師：「等這些孩子升國中了，是不是就該去山下的學校了啊？」

老師回答說：「是的，只是他們要比現在走更遠的山路，基本上要走一天的行程，才能到達鎮上的學校。」

去年北京有媒體去這個山上的學校採訪，邀請這些孩子去大理州城參加演出，但孩子們沒有演出的服裝。這個民宿老闆知道後，就跟自己的幾個朋友商量，湊錢為每個孩子做了一套新衣服。

孩子們拿到新衣服的時候，就像過年那般開心。但是有個男孩默不出聲，有些憂愁，於是民宿老闆問他怎麼了，男孩回答說：「我很怕自己長得太快了，這套新衣服穿不了多久的時間，我以前很希望自己快快長大，這一刻我卻希望自己可以長得慢一點，新衣服我就可以穿上好幾年了。」

當民宿老闆把這個故事告訴我的時候，我跟他坐在民宿的大廳裡喝茶，我看見坐在我對面的這個年過四十的男人第一次哽咽，聲音開始沙啞起來。

民宿老闆是個北方人，在北京有很好的事業，跟很多人的旅行故事一樣，去年他到沙溪這個地方旅行，喜歡上了這裡，於是已經財務自由的他就在這開了一家民宿。跟很多其他民宿老闆不一樣的是，他每天都會去跟本地的白族人聊天，瞭解這裡的歷史和人文風情，也是這樣才慢慢知道山上那些孩子們的事。

其實這樣的故事我聽過很多，以前小時候我們會跟農村的孩子結成一對一學習夥伴，老師會帶我們到農村的小學去參觀，告訴我們：「你看看他們一邊在家幹農活一邊努力學習，你們應該好好珍惜自己的幸福才是。」

長大一些，看到新聞報導一些邊遠山區的學校，我爸媽也會在我面前念叨著，說：「你看看他們這麼艱苦的條件還在求學，你自己的條件不知道比他們要好多少。」

大學的時候，我跟隨學校記者團做過一次活動，到武漢周邊一個農村去採訪一批孩子，帶了很多學習用品跟禮物過去，我一開始以為自己會寫出一篇非常感動自己的文章，比如要歌頌這些條件艱苦的孩子們積極向上的狀態，結果我發現我錯了。

這些孩子們很熱情，帶我們到他們家吃自己家裡種的新鮮蔬菜。我們的到來讓一些男孩很是興奮，於是他們爬到樹上摘各種水果給我們吃，女孩子拿著新的文具開始畫畫跟折千紙鶴。那些我所期待看到的，生活的艱難和他們的堅強的對比，根本就沒有，在他們眼裡，就只有這當下一刻的愉悅跟滿足，過後他們繼續上課，放學了繼續回到家裡幹農活，僅此而已。

那個時候的我自以為很幸福，也害怕自己的幸福會讓這些孩子失落或者自卑，於是我很生硬地讓自己變得文靜一些，低調一些。結果這一次的經歷告訴我，在他們的世界裡，根本就沒有「你很好我很差」的世界觀，在他們眼裡，下河抓魚是快樂，上課讀書也是快樂，雨天裡光著腳丫從田地裡踩著一路泥巴回家也是一種快樂。

或許這些天真的畫面，是如今長大的我們或者在大城市裡的人們都羨慕的，但就像那位民宿老闆說的：「我們是外人，走幾次山路覺得是一種生活體驗，吃幾頓烤馬鈴薯覺得是野外美味，可是對於這些孩子而言，這就是他們每一天真真實實的生活方式，如果讓你在這裡經歷這樣的人生，你願意嗎？」

這一刻我腦裡的臺詞就是：他說的好有道理，我竟無言以對。

我的前同事K小姐有一天跟我抱怨，她隔壁那個剛畢業出來上班的男孩這個月又要去香港買新的蘋果手機了，而她工作第二年才捨得把自己原來那個破山寨手機換掉，為什麼他就這麼捨得花錢呢？

我回答說：「不是他捨得花錢，而是他本來就是深圳土生土長的孩子，畢業出來工作了也是跟父母住在一起，吃喝拉撒都有爸媽負責，我們一個月到手的幾千塊錢薪水要分成十幾個項目去用，而他那幾千塊薪水其實就是他的零花錢啊！」

K小姐托著下巴皺著眉頭說了一句：「唉，怎麼可以這麼不公平呢？我以前總覺得只要努力就一定能過上好日子，但是這些年下來用錢還是戰戰兢兢的，為什麼他們就能大手大腳不需要操心後果呢？」

這一刻我想起了很久以前思考過的那個問題，此時此刻的我相比這些出身於大城市的孩子，亦如當年那些在農村上學的孩子看待我的樣子，一切都沒變，我只是從自認為會被人羨慕變成了羨慕別人的人而已。

以前看的勵志故事總告訴我們，你今天必須做別人不願做的事，好讓你明天可以擁有別人不能擁有的東西。但是生活真相是，很多人一開始就有了你所不擁有的東西，等你努力一些的時候，他們也在進步，於是你覺得永遠也趕不上他們是不？

以前較真、狹隘、想不開的我，一想到這裡，瞬間就不想努力了，因為發現自己當下這一刻的盡心盡力，可能別人不費吹灰之力就可以得到了，那我全力以赴還有什麼意義呢？

這個觀點的改變，是因為有一次我聽到了一個故事。

有個男生是浙江某個市委書記的兒子，十七歲那一年他決定退學，開始去探索世界。那時候全家人都瘋了，父親要斷絕他的經濟來源，母親喊著要斷絕母子關係，可就算這樣，也沒有阻撓他要出走的決心。

如果你覺得這是一個富家子弟任性出走遊玩的故事，那可能結局就很無聊了。這個男生背著背包，自己一路打工住青年旅社，走遍了中國很多的邊遠山村。然後自己想辦法買器材拍攝紀錄片，後來他的這一部紀錄片拿到了一個國家級的獎項，這一年，他剛好十九歲。

可即使這樣，他的家人還是沒有跟他和解，身為浙江有頭有臉的一戶官場人家的公子哥，他就是選擇走上了這樣一條艱難的路。後來他告訴身邊的朋友，他很小的時候就喜歡看一些佛家哲理的書了，只是家裡不知道，等十七歲那年自己決定休學的時候，家裡人覺得是晴天霹靂，對他自己而言卻是一件順其自然的事。

這個故事的主人公今年二十三歲，我不認識他，我只是從大理民宿的老闆口中聽到這個故事，因為這個男生也來到了這家民宿住宿，就住在我隔壁的那個房間裡。

那一天晚上我想明白了一件事情，我們這一生，總比自己以為的要自由得多，這種自由造就了那些農村的孩子慢慢走出大山，這種自由造就了我從小城鎮走進大都市，這種自由更造就了那個早慧的男生去找尋人生的另一層意義。

我想起那個北京民宿老闆跟我說的一個細節，他到沙溪山上的時候，想摘幾個樹上的野果吃，但是樹木太高了他也不會爬，於是他給了旁邊幾個孩子一些牛奶糖，於是孩子們「噌噌噌」猴子一般爬上樹就把果子摘下來了。

民宿老闆告訴我：「你說很多年後，這些孩子想起自己當年為了一顆牛奶糖爬樹摘果子，這個時候他們已經長大成人獨立生活了，他們會因為當年自己一顆糖就能被收買而感到恥辱嗎？不會，因為在那一刻，這些孩子們已經透過自己的努力，比周圍的孩子用力跳了一把，搆到了那一顆珍貴的牛奶糖，這也將會是他童年裡最美好的記憶之一。」

我默默點頭。

我最喜歡的一句箴言，就是羅曼．羅蘭說的那一句真相論：「世界上只有一種英雄主義，就是看清生活的真相之後，依然熱愛生活。」

知乎朱炫說：「生活沒有什麼唯一的真相，如果說非要下一個定論，那所謂生活的真相，一定是讓你我過上不同的人生，填滿這個原本百無聊賴的世界。」

其實我覺得，於你於我而言，我們都明白生活的真相，我們知道這個世界有人生來就擁有很多，而有些人一無所有；我們知道有時間的時候沒錢，有錢的時候沒有時間；我們知道有些男人願意買名牌送你但是不一定會娶你，就像歌手左小祖咒寫給女兒的信裡那樣：「寶貝你要明白，天底下男人最愛的女人是女兒，所以不要指望你的男人像老爸那樣無條件愛你。」

我們也知道需要努力才能換來好的生活，我們更知道不是所有的付出都一定會有回報；我們明白這世上有人好運到一見鍾情，也有人卻尋覓很久都沒有遇上對的人；我們知道父母終有一天會老去；我們也知道跟誰結婚都避免不了柴米油鹽的吵鬧；我們更知道職場有多狗血，我們就能有多強大。

其實我們比自己以為的要懂事多了，只是我們不願意去承認罷了。

電影《推拿》裡說：「對面走過來一個人，撞上了叫做愛情；對面開過來一輛車，撞上了叫做車禍。可惜車與車總是撞，人與人卻總是讓。」

很多時候，我們對自己的認識，又何嘗不是一讓再讓呢？分析自己是一件很痛苦的事情，但是一旦你開始嘗試了，即使這條路上你依舊會遇上不如意的地方，但你會知道這就是生活本來的模樣。

可惜的是，大部分人在還沒認清生活真相這件事情的時候，就已經開始把那扇門關上了，不願意剖析自己。所以我一直覺得，那些還在山腳的人，是沒有資格去評判山頂的風光美不美的，於我而言，我更喜歡聽那個從山頂下來的人，告訴我那裡的風景值得我努力爬上去看一眼。

總有人問我怎麼處理好生活中的各種問題，我說我哪裡有資格說出個一二三四，一個人過得好與不好在於自己，不在於別人，更何況就這變幻莫測的一生而言，贏的方式有千萬種，而輸的理由有時候一個就夠了。

那些能把生活過得通透的人，肯定要比別人更能理解到生活的真相，只是他們認清了之後繼續認真對待自己，也認真對待別人，就在這虛實之間，他們不慌不忙地生活。

就像村上春樹說的那一句：「世界上有什麼不會失去的東西嗎？我相信有，你最好也相信。」

過好自己想要的生活

我想起自己在職場中，
總有人問我這份工作薪水很高但是很忙，
另一份工作薪水不多但是還算自由，
該做什麼選擇？

沙溪古鎮這幾天很多角落裡多了一批畫畫的學生，他們穿著圍裙拿著調色盤，專注地盯著眼前的一片風景，無論來來往往的遊客怎麼拍照如何聚集圍觀，他們依舊只顧自己的畫筆在畫布上刷著。

後來我看到學生當中多了一位年紀蠻大的長輩，而且他的畫風跟那些學生也不很不一般，神情更淡然一些，下筆也暢快很多。

第一天的時候看見他一邊在畫畫，一邊指導身邊的那些學生，於是我知道他是老師，一堆學生圍著他轉，還有很多遊客也在圍觀，我默默地退出了人群。

第二天的時候他一個人在畫畫，我詢問了幾句，他也就禮貌性地回答了一下，就沒有理我了。於是我就坐在他附近的咖啡廳門口的木椅上看著他，期待他能空閒下來，讓我有機會插話。但我沒想到，這一坐就是兩個小時，他巋然不動，我已經腰酸背痛得半死，於是我就回民宿休息了。

第三天就是今天下午的時候，我找了一家別緻的小院吃午飯，完了打算繼續去我喜歡的那家咖啡館坐著，結果就在那棵八百年歷史的槐樹下遇上了D先生，嗯，他還在畫畫中。

我下意識地停下來，我問：「老師今天怎麼沒看見您的學生過來呢，怎麼就你一人在這畫了呀？」

D先生抬頭看了我一眼：「哦，是你。」然後回答說：「學生畫了幾天也累了，就讓他們休息一下，我今天就在這裡畫最後一幅了。」

我默不作聲，安靜地站著，然後他問：「你一個人來旅行？」

我回答說：「是。」

D先生說：「昨天我身邊很多人來來往往，我以為你也是跟朋友一起過來的呢？」

我說：「這是我一個人的出行，沒有任何規劃，走到哪裡就是哪裡了。」

D先生這時候笑說：「嗯，一個人的旅行就是好，會很有意思。」

聽到這，於是我就順其自然地坐在了旁邊石板上，他把另一張放畫具的椅子遞給我，我說不需要，這樣挺舒服的。

於是D先生就一邊畫畫，一邊跟我聊天。

D先生是重慶某大學美術專業的老師，主攻方向是油畫跟素描，每一年的不同季節他都會帶著自己的學生到各地采風寫生，至於每一次選擇去哪個小鎮，用他的話來說，那就看心情了。

這一次他帶著大一班上的學生開車到了沙溪古鎮。因為人數太多開銷太大，他們沒有住在古鎮裡面的民宿，而是住在離古鎮不遠的一處民宿裡，也算是清幽乾淨。

D先生教書已經有二十多年的時間了，但是臉色紅潤有光，也看不出是年紀很大的人。他說，畫畫本身就是修身養氣的事情，就跟你們年輕人喜歡跑步或者做瑜伽一樣，也是調節自己的一種方式，時間長了人的狀態是會慢慢變得很好的。

於是我問：「那您畫了這麼多年的畫，不會厭煩嗎？」

D先生說：「我從來沒有感到疲倦的時刻，反而是越畫越有意思，而且隨著年紀越大對這個世界的領悟不一樣，即使是一樣的風景也會有不同的心境跟畫風，所以對於我而言也算是一件開心的事情。」

我說：「能像您這樣把愛好當成事業的人不多，所以很幸福。」

D先生告訴我，他之所以選擇當老師，就是因為這個環境是個相對而言比較單純的，沒有那麼多的干擾，而且有穩定的收入養活自己的愛好，這是一條非常合適的道路。有時候上課久了偶爾也會有枯燥之心，但是在一定程度上來說，可以有好的創作，畫畫這件事情已經把枯燥的不足蓋過了，所以他依舊是處在有靈感的生活中。

D先生年輕的時候也去過北京，希望那裡的文化蘊涵能給自己多一點發展的機會，可是幾年下來他不僅發現自己沒有進步，連畫畫的感覺也越來越沒有了。他覺得不對勁，於是回了一趟老家的小鎮，結果走到村口的時候就馬上有了靈感，記憶裡回到了小時候的畫面。

於是D先生回到老家重慶，進大學當一個老師，會定期帶學生采風，也會定期一個人出去走走，沒有規劃沒有目的地，走到一處有靈感了就拿出畫具待一下午，然後第二天再前往另一處地方。

D先生說，他手下帶了幾個研究生，一心一意想去北京發展，後來就乾脆放手讓他們去闖一闖了，結果發現到了那邊幾年就沒有辦法堅持下去。不是因為北京不好，而是這種「根」的東西是天生的，面對這片故土，才能有最深最直接的感悟。後來學生們也就陸陸續續都回到家鄉這邊來了。

我插話說我身邊有幾個學畫畫出身的設計師，性格都很好相處，而且感覺畫畫對一個人的審美很有幫助。

D先生說，他當老師這麼多年，從來沒在課堂上發過脾氣，就更別說在家人面前發脾氣了，而且年紀越大越發覺得這一切不值得。因為一個人如果把精力專注在對自己未來無用的事情上，比如說計較一些眼前的東西，比如希望自己能比別人過得更好，可是後來你會發現人生這條路上根本沒有別人，只有你自己。

我點頭，又問他的作品市場價值多少？

他笑著，沒說具體的數字，只說不算很高但是也算對得起自己的付出。

D先生告訴我，他每年都會接受畫廊策展機構的邀請，整理自己的系列作品去做展覽，他從來不問賣出了多少錢，也不會計較策展機構的提成是多少，更不會自己親自去跟別人談價格。

一是身為一個畫家，他一向對數學不敏感；二是如果他的精力用到談價格的事情上了，就再也沒有辦法安心作畫了；三是專業的事情要交給專業的人去做，這個世界就是各有所長分工明確的，不要干擾了這個基本的市場格局。

也是因為這樣，D先生每年得到的邀請越來越多，跟策展機構的合作就像是經紀人文化，總得相互信任才能互相促進。而且D先生知道，如果一個買家喜歡你的作品，他是不會計較錢這件事情的，但是如果他不喜歡你的作品，那就是再怎麼推薦也沒有用。接受這一點，畫家的職業生涯就會幸福很多。

而且這個對眼的買家也是需要緣分，需要等待出來的。D先生補充說。

我點頭稱是，笑著說這就跟我們談戀愛是一樣的呀，喜歡就是喜歡，不喜歡怎麼糾結也沒有用。

D先生問我待在這裡幾天，對這裡的人文歷史知識有多少瞭解？

這可把我難倒了，但是我還是誠實地說，我這幾天沒怎麼看風景，光跟各個民宿、飯館的老闆聊天，然後就是跟不同的老太太待著了。但是我知道我們現在坐在這個廣場的地方，幾年前當地政府為了方便遊客於是鋪上了瓷磚，後來是歐洲的瑞士基金會過來考察修復，把瓷磚一塊塊撬開，保護最底層的土壤結構，然後鋪上坑坑窪窪的石塊。因為他們考察歷史文獻發現，這裡本來就應該是這樣的面貌，歷史修復的意義在於還原，而不是破壞。

我還說我知道東寨門的門欄之所以有兩條，一條是直的一條是斜的，也是因為當年最原始的門欄就是斜的，後來中國人喜歡把一切弄得方方正正，所以就把斜的門欄埋起來了，搭建了一條直的門欄，也是瑞士基金會考察過後重新還原了。

D先生很驚訝，他說他只知道這是茶馬古道經過的地方，至於這麼細緻的故事還真不知道。

我說以前自己旅行的時候也浮游於風景本身，可是來到這個古鎮跟很多當地人討教到這些知識以後，我重新走了一圈前幾天就走過的街道，發現每一磚每一木都會有它的存在意義，這種歷史的沉澱會讓人心生敬畏。

D先生說，得到了這樣的答案，那麼你這一趟旅行也就沒有白來了。

我問D先生，有親戚朋友向你要畫怎麼辦？

他說，這個要看情況，親人的話肯定是直接就送了，朋友的話就得考量一下他的目的，是真的喜歡還是想出去賣錢，這個不好辨別，但還是可以感覺得出來的。

這時候D先生的畫作收尾了，他在畫布的左下方簽上自己的名字，我就是這一刻才知道他的姓名。

我問D先生下一站的行程，他說明天啟程離開沙溪古鎮前往雙廊，學生們也不需要練習寫生了，他們這幾天累了，就讓他們純粹玩兩天，然後就返回重慶了。

這個時候D先生的兩個學生回來了，他把剛完成的作品交給學生帶回民宿，然後開始整理自己的工具。他說這幾天不需要畫畫了，就得先把刷子畫筆清理乾淨。我看著他那嫻熟而緩慢的動作，想起了關於藝術家的場景，很是感慨。

這個時候天上下起了小雨，古鎮變得有些清涼，D先生說：「小姑娘，跟你聊天很開心。」

我說：「我也很開心。」

我沒有告訴他，我心裡是感激他的。以前跑新聞的時候也採訪過很多學者，但是太官方太用力以至於我一直覺得自己不適合記者這一行。而如今我什麼身份都沒有了，我只是一個過路人，然後碎碎地跟他介紹我的家鄉我的工作，他跟我分享這幾十年的畫家生涯裡一些看似很無聊、簡單的事情。

可就是這些無聊與簡單，構成了我們生活最真實的一部分。他有自己的愛好，並且靠著這份手藝養活自己而且過得還不錯。世間的藝術家有各種玩法跟謀生的手段，他的人生哲理就是，過好自己想要的生活就好了。

但是，以自己喜歡的方式過一生，談何容易？D先生也不過是在比較當中發現，在大學當老師能夠為他完成夢想的生活狀態的好，明顯大過於當教師需要講課所帶來的厭倦跟煩惱，這種折衷的方式，才是奔向自己期待生活的最佳方式吧。

我想起自己在職場中，總有人問我這份工作薪水很高但是很忙，另一份工作薪水不多但是還算自由，該做什麼選擇？我沒有資格回答這個問題，因為我自己還在摸索跟選擇當中，但是當我開始明白，這世上根本就沒有最輕鬆的工作或者活法的時候，我就沒有那麼慌張了。

我不會因為所謂的看淡生活，就選擇讓自己不爭不搶慢慢悠哉而過，我依然會選擇努力奮鬥。只是這個奮鬥之於我自己的意義不再是那麼用力，不再是魯蛇一定要逆襲，不再是要向別人證明我是個獨立的女性，更不需要告訴別人你看我混得比你好。

這個奮鬥的意義在於，就像吳曉波老師說的那一句，所有的青春都是在為中年做準備。吳曉波說他經歷過的事實是，在這個中年的午後，你能夠安心坐在立冬的草坪上喝一杯上好的單樅茶（註），你有足夠的心境和學識讀一本稍稍枯燥的書，有朋友願意花他的生命陪你聊天閒話，你可以把時間浪費在看戲登山旅遊等諸多無聊的美好事物上，這一切的一切都是有「成本」的，而它們的投資期無一不是在你的青春階段。

我願意跟有故事的人聊天，他們會從協力廠商的角度告訴你，這個世界無數種

註　單樅茶：鳳凰單叢茶，又稱單叢茶或單樅茶，屬於烏龍茶類，具有自然花香、韻味明顯、味道鮮爽的特色。

生活方式的狀態，聊完過後你不一定馬上就能有所提升，但是這個無聲的吸收過程是值得耐心等待的，即使它很漫長。就像我守候到了第三天的D先生，就像我們全力以赴做一些目前看似不緊急但是對未來而言很重要的事，只要你覺得這是對的，那就行了，這跟別人沒關係。

可惜我智商太低，悟了很多年也才懂那麼點皮毛，但是至少我開始實踐了。你問我最大的改變是什麼，我不能告訴你具體的狀態怎麼樣，但是有一點就是，我慢慢變得不慌張了。

為了追求這一點，我用了很多年。

那些使你快樂的努力

我依然不夠快樂，
日子過得不好也不壞。
我依然會熱愛生活，
依然會努力拼搏，
依然會經營好每一個人生項目。

有人問我：「我感覺你每天的生活都很豐富、充實，對人生有規劃，看待事情很坦然，我卻一點也不快樂，你能告訴我怎麼才能快樂起來嗎？」

關於如何獲得快樂的問題，我是沒資格回答的，因為我也一直在這條尋找快樂的路上，而且可能會持續一輩子。

而且我過得一點也不好，真的，細細想來，那些讓我不快樂的事情實在很多。

比如我不喜歡出去吃飯，但是天天在家做飯也會很煩；比如我最近剛旅行回來覺得不大適應深圳的快節奏，大家很快很忙，路上很吵很擁擠，我有點心慌；比如說我還不知道自己下一步的規劃是做一個賣字為生的自由業者還是找一份合適的工作繼續當上班族，我既希望能養活自己，又想有一點隨意自主的時間；比如說這幾天在家的時候整理試穿了一下夏天的衣服，發現比去年這個時候胖了，這可真是要了老娘的命啊……。

我的不快樂還有，昨天跟一個初中同學聊天，他開口的第一句話就是：「你們高學歷的人是不是都不回家鄉工作的？」

我想解釋：一是自己在老家沒有合適的工作，更沒有人際關係，這本來就是沒有辦法的事情；二是工作其實真的跟學歷沒有很大關係，情緒管理以及把握機會的能力有時候更重要。

但是這個同學一句話就把我堵住了，他說：「反正我不像你從那麼好的學校畢業，還是熱門科系，找工作肯定很好找吧？我就待在老家這個地方等老就好了！」

不知道從什麼時候開始，過往的同學朋友就開始慢慢疏遠了，即使有了微信朋友圈，但是按讚已經成為一種麻木，很多時候想找個話題切入聊起來，卻發現別人已經把你隔離開來了。

我過得一點也不好，任何一點的不如意，都能把我的心情弄得很糟。哪怕是買個水果回家發現沒有挑好，哪怕是今天把喝水的杯子掉在車上了，哪怕是隔壁鄰居半夜很大聲的關門，都能讓我覺得自己當前的生活是不如意的，是不快樂的。

雖然過得不好，但我還是願意為了過得好而做一些努力的。

一是我盡量選擇跟樂天派有能量的人在一起。比如我的廣州閨蜜每兩個星期就會來陪我，她是個極度熱愛生活的人，遇上一場好電影會開心半天，遇上漂亮的風景會讚嘆不斷，遇上好看的男生經過會變花痴笑不停；比如我每過一段時間會跟要好的同事聚餐，跟他們聊公司的八卦，聊最近的熱門時事，聊在別的公司遇上的一些奇葩人事，吐槽主管。這個時候我會發現我是投入的，因為我就是跟他們每天在一起的一份子，每一個細節都會讓我有意願參與這些話題，於是聊著聊著就歡樂起來了。

二是我嘗試著一個人獨處。這件事情我學習了很多年，從一開始的不安與慌張，害怕沒有存在感，到後來一個人看書打字，開始享受這種一個人的時光，尤其是夜裡的時候還會做一小段冥想。這種感覺就像是自己置身於海平面之上，下面是波濤洶湧的暗流，可是海面卻平靜如水，只聞得到海風的味道，而且夕陽之下霞光萬丈，這個世界籠罩著你，造物者愛護著你。我逐漸喜歡上了獨處。

三是我試著替自己的生活製造一些驚喜。比如我把在大理旅行買的幾束小雛菊風乾，坐飛機帶回來，放在我的床頭，讓它們提醒著我這一段充滿奇遇跟快樂的時光；比如我去超市買一些生菜跟水果，外加一些麵包塊，拌上優酪乳做成好吃到爆炸的沙拉；我最喜歡的一件事情是洗衣服，把各種衣服用洗衣袋分類丟進洗衣機，半個小時後曬起一件件散發著清香的衣服，這一刻覺得其實家庭主婦狀態也很讓我有成就感。

四是我一定會讓自己吃飽。我是個腸胃不好的人，吃飽了難受餓了更難受，最好的方法就是冰箱都堆滿吃的，桌子上隨時有乾糧，垃圾食品我盡量避免了，週末的時候會熬好夠自己喝一天的白粥或者是排骨湯，然後就一直處於吃的過程中。孤獨的人要吃飽，不快樂的人更要吃飽。

五是我會盡量讓自己睡飽。以前我看到很多厲害的人物睡眠時間都很短，他們總是說人死後睡的時間很多，活著的時候就要努力動起來。於是我覺得很是慚愧，有段時間強迫自己睡很少，就是為了磨練自己的意志，結果就是我每天都累得沒有精神，整個人也很頹廢，於是我妥協了，我盡量讓自己睡得飽飽的，卻發現自己的狀態反而好起來了，絲毫沒有荒廢人生的感覺。

六是我盡量每天做一些小的改變。比如剪一個新的髮型，換一種香味的沐浴露，化妝水用完了可以把瓶子用來裝插花，我還把以前的大件T恤改成了收腰的半身裙。我家裡屯了不下十個杯子，每天換著心情用不同的杯子喝水，甚至覺得水也變得好喝一些了。為生活中的小驚喜而歡呼這種事情，在以前我是想也不敢想的，如今我竟然莫名其妙就變成這樣的人了。

七是定期去放鬆一下。不管是逛街還是運動或是做SPA，又或者是看一場電影參加一次讀書會，哪怕只是去樓下的咖啡店裡坐一晚上，遠離自己家裡的環境，我也會覺得是給自己最好的獎賞了。

八是我漸漸發現一件事情，就是當你不以快樂為目的，或者不去刻意追求這件事情的時候，反而你能感受到最多的幸福。其實，人生哪有一直的快樂可言，快樂就存在於解決當前這一個問題的瞬間，短暫過後就又得開始面對下一個問題了。想明白了這一點，或許就沒有必要追問這麼多的人生問題了。

我是個還沒到三十歲的女生，我也不知道在三十歲里程碑那一天我會寫下什麼樣的感悟。我看過很多人的三十歲心情文字，從不羨慕也從不自卑，只是希望自己到了那一天也有東西可寫，有感悟能化成文字，而那些文字可以在很多年後回看的時候，即使覺得幼稚仍會感動自己。這樣我就覺得日子沒有白過。

是，我依然不夠快樂，日子過得不好也不壞，但是寫下這一句的時候，我的心裡是平靜的。因為我已經學會接受自己不快樂的一面，也接受人生就是一場修行這個道理。我依然會熱愛生活，依然會努力拼搏，依然會經營好每一個人生項目。

期待有生之年裡有歲月可回頭，這才是我最大的福報。

後記

原來你也在這裡

最近整理家裡的書架，我算了一下，整整寫了十四年的日記，幾乎沒有間斷過。大大小小各種奇形怪狀的本子，伴隨著我從家鄉廣西讀書，到武漢上大學，然後再南下到深圳這個城市成為漂泊一族。

任何東西都能丟棄，唯獨字裡行間的筆墨紙香，以及承載它們的五千多個日夜，我沒有辦法拋棄。我愛它們，勝過於我的生命。

國中那一年，我情竇初開，喜歡上了班裡最好看的男生，可惜生活不是電影，我沒有成為白天鵝，他也不會喜歡一個灰姑娘。

我那無處安放的青春，終究需要一個發洩口。我開始記下那些小鹿亂撞，以及想要而不可得的憂愁情緒。

後來，日記裡的內容由青澀的感情，變成大學考試壓力下的自我激勵，然後是大學時期的迷茫跟慌亂，再到進入職場的種種失望，失去信心而又重塑三觀。一路走來，我跟很多普通女孩一樣，畏懼不安，承受著周圍人給予你的每一種無形壓力。

今天我已經不記得那個男生的模樣了，但是我很感激他作為一個切入點，讓我開啟了伴隨我這些年的寫日記生涯。

二〇一五年三月，我決定在自己的微信公眾號上寫點什麼，那個時候的我剛加入一家網路創業公司，每天開產品會議、腦力激盪、寫推廣文案以及種種打雜。我在每個加班後的夜裡拖著疲憊的身子回家，打開電腦，就像寫日記一樣，寫下一些感慨，一些故事，一些思考，我不知道這是為了什麼，只知道先寫下來就是了。

後來，越來越多的讀者看我的文章，越來越多的微信大號轉發分享我的故事。我每天回覆幾百條留言，他們告訴我自己的故事，有讀書、職場、情感的困惑，也有人生遭遇挫折後的思考。

這是我第一次感受到網路的強大影響作用。

我沒想過改變別人，或者拯救別人，我只是想透過這些文字，試著為我的青春、為我的三十歲到來之前留下些什麼。

我不擅長寫觸動人心的句子，我更願意成為一個旁觀者，記錄下我這個普通女孩的普通生活，以及一些觀點背後的思考邏輯。可是，誰能保證多年以後，歷經生活的沉澱，這些字裡行間只有平淡無味呢？

你不敢說，我更不敢說。

我最喜歡的歌手是劉若英，因為一樣的孤獨，一樣的容易感傷，又同樣喜歡激勵自己恢復正能量的女神經，我每個夜裡打字寫文章的時候，幾乎都是聽著她的歌，然後把故事一個字一個字地敲出來的。

滿身風雨我從海上來，才隱居在這沙漠裡，在千山萬水人海相遇，喔，原來你也在這裡。

穿越時空，與你同在一個頻道裡有那麼一瞬間的共鳴，這是我最感激的地方。

我身邊有人問，達達令你的書算是心靈勵志類嗎？

我回答說，這個我不敢下定論，因為對我而言，每一個篇章都是我在那一刻的所思所想，但是很多讀者給我的回饋是，看你的東西會覺得離生活很近，柴米油鹽都是經歷，雞毛蒜皮都是故事。

嗯，這也是我熱愛生活的原因，儘管它有時候並不會讓我快樂，甚至會有很多委屈，但是這終究不會妨礙我樂於把這些酸甜苦辣記錄下來的初心，這也是讓我保持自己內心那個本色小孩的秘密方式所在。

寫作是高手世界的論劍，我只是剛下山的那個小人物，為的是陪伴這段艱難而又孤獨的人生旅程，好在這一刻，我突然發現跟我一樣的人，有很多。

我們都是流浪的小孩，我們終其一生都在尋找那一個Someone Like You，其實殊不知，跨越千山萬水，那個You就是你自己啊！

生活不相信眼淚，但願這個城市裡，有人陪伴著你，如果沒有，也希望我的這些文字能夠跨越時空來到你身邊，不奢望能夠感動你，只是我期待你看完這本書後，能夠明白一句話：你怎麼看這個世界，重過這個世界怎麼看你。

所有物是人非的歲月裡，我最愛的還是當初那個自己，那麼你呢？

微文學 002

為什麼你總是害怕來不及

作　者—達達令
美術設計—謝捲子
攝　影—安賓遠
內文排版—時報出版美術中心
責任編輯—朱晏瑭
校　對—楊淑媚、朱晏瑭
行銷企劃—王聖惠
副 主 編—楊淑媚
第五編輯部總監—梁芳春
發 行 人—趙政岷
出 版 者—時報文化出版企業股份有限公司
10803臺北市和平西路三段二四〇號七樓
發行專線—（〇二）二三〇六—六八四二
讀者服務專線—〇八〇〇—二三一—七〇五
（〇二）二三〇四—七一〇三
讀者服務傳真—（〇二）二三〇四—六八五八
郵撥—一九三四四七二四時報文化出版公司
信箱—臺北郵政七九～九九信箱
時報悅讀網—www.readingtimes.com.tw
電子郵件信箱—yoho@readingtimes.com.tw
法律顧問—理律法律事務所　陳長文律師、李念祖律師
印　刷—勁達印刷有限公司
初版一刷—二〇一六年九月十六日
初版二刷—二〇一九年六月二十五日
定　價—新臺幣三二〇元
（缺頁或破損的書，請寄回更換）

時報文化出版公司成立於一九七五年，
並於一九九九年股票上櫃公開發行，於二〇〇八年脫離中時集團非屬旺中，
以「尊重智慧與創意的文化事業」為信念。

為什麼你總是害怕來不及 / 達達令作. --
初版. -- 臺北市 : 時報文化, 2016.09
面； 公分

ISBN 978-957-13-6751-4(平裝)

855　　105014831

ISBN 978-957-13-6751-4
Printed in Taiwan

儀式感、告別過去、敬重生活。

這些詞語對於我們這樣敏感而感性的人來說，

比天還重要。

旅行教會我的事情，
是即使過後你依舊要回歸 **現實生活，**
但是你已經不是原來的那個你了，
這才是走在路上的意義吧。